Joachim Zelter, 1962 in Freiburg geboren, studierte und lehrte Literatur in Tübingen und Yale. Seit 1997 freier Schriftsteller. Bei Klöpfer & Meyer erschienen u.a. *Der Ministerpräsident* (2010), nominiert für den Deutschen Buchpreis, sowie *Im Feld* (2018). Zuletzt erschien *Imperia* (2020). Joachim Zelter erhielt zahlreiche Auszeichnungen, u.a. den Preis der *LiteraTour Nord*. Er ist Mitglied im Deutschen PEN.
www.joachim-zelter.de

Joachim
Zelter

Die Verabschiebung

ROMAN

KRÖNER EDITION KLÖPFER

Joachim Zelter
Die Verabschiebung
Roman

1. Auflage
in der Edition Klöpfer
Stuttgart, Kröner 2021
ISBN: 978-3-520-75201-7

Umschlaggestaltung Denis Krnjaić

unter Verwendung eines Fotos von Andanu Adhitya, pexels.com

Gesamtherstellung: Friedrich Pustet Regensburg

Für Petra & Jean-Luc

Es ist hier ... nicht von Philanthropie, sondern vom Recht die Rede, und das bedeutet ... das Recht eines Fremdlings, ... nicht feindselig behandelt zu werden. Es ist ... ein Besuchsrecht, welches allen Menschen zusteht, sich zur Gesellschaft anzubieten vermöge des Rechts des gemeinschaftlichen Besitzes der Oberfläche der Erde, auf der als Kugelfläche sie sich nicht ins Unendliche zerstreuen können, sondern endlich sich doch nebeneinander dulden müssen, ursprünglich aber niemand an einem Orte der Erde zu sein mehr Recht hat, als der andere.

IMMANUEL KANT, *Zum ewigen Frieden*

Vorbemerkung

Dieser Roman ist eine Fiktion. Darin liegt seine Wahrheit. Es handelt sich um eine literarische, menschliche und gesellschaftliche Wahrheit, nicht um die faktengetreue Wiedergabe tatsächlicher Ereignisse. Thomas von Aquin bringt es auf den Punkt: *fictio figura veritatis*. Die Fiktion ist eine Figur der Wahrheit. Man könnte es auch umgekehrt sehen: Die Wahrheit (oder was man für sie hält) ist immer auch ein Motor des Fiktiven. Früher oder später geht sie in die Literatur ein. Sie geht in sie ein, in sie über und in ihr auf, in welcher Form auch immer, und sei es nur in der Form, dass man einen literarischen Text andernfalls gar nicht geschrieben hätte.

* * *

Pakistan International Airlines. In seiner Schulzeit war diese Fluglinie der Name einer Klassenkameradin gewesen. Sie hieß Pia. Wie die Abkürzung dieser Fluglinie. Sie war unansprechbar schön gewesen. Während der ganzen Schulzeit hatte er kein Wort mit ihr gewechselt. Wenn er von ihr sprach, dann nur als *Pakistan International Airlines*. Als wäre sie ein Staatsgeheimnis oder Gegenstand einer geheimdienstlichen Operation. Vielleicht dachte er, dass damit die Unerhörtheit seiner Anbetung halbwegs gebannt wäre, in erträglichere Bahnen gelenkt, in die Bahnen einer Fluggesellschaft.

Dreißig Jahre später bestieg er ein Flugzeug dieser Gesellschaft. Pia. Ihr Name stand überlebensgroß auf einer Boeing 747. Wie eine Erinnerung oder Aufforderung stand ihr Name dort. Auf dem hochragenden Seitenruder sah er einen Halbmond und einen Stern, in weißer Farbe auf grünem Untergrund, die Flagge der Islamischen Republik Pakistan. Sie erinnerte ihn an ein Himmelsbild. Eine Stewardess lächelte ihn beim Eintreten in das Flugzeug an. Sie lächelte mit den Augen. Ihr Mund war hinter einer weißen Maske verborgen.

Auf Englisch und Urdu blinkten links und rechts der Sitzreihen die mannigfachen Sicherheitshinweise, mehr Sicherheitshinweise als in allen früheren Flugzeugen, mit denen er geflogen war. Schon auf den ersten Metern durch den Jumbo fühlte er sich daran erinnert, dass so ein Flugzeug durchaus abstürzen kann. Jederzeit. Und wenn *er* an Bord war, dann umso mehr. Er dachte an seinen festen, schon vor Jahren gefassten Vorsatz: Nie mehr ein Flugzeug zu besteigen, nicht zum Spaß, und schon gar nicht, weil irgendjemand ihn dazu überreden würde. Und wenn man behauptet hätte, Fliegen sei ab sofort ein neues Heilmittel gegen sämtliche Krankheiten oder Katastrophen der Welt, dass Fliegen ab jetzt kein Unding mehr sei, sondern sogar eine heilige Pflicht, der Inbegriff einer neuen Vernunft und einer vehementen Naturbewahrung – selbst dann wäre er nicht mehr geflogen. Nun bewegte er sich durch die endlosen Sitzreihen eines Jumbojets der staatlichen pakistanischen Fluggesellschaft und flog damit nach Islamabad. Es war der erste reguläre Flug auf dieser Flugverbindung seit Monaten. Er setzte sich auf den ihm zugewiesenen Platz, betastete die ergrauten Armlehnen, schaute aus dem Fenster, bedachte den Kontrast zwischen den turnhallengroßen Ausmaßen des Jumbos und den rostigen Flügeln, die diese Ausmaße – ist ein solches Flugzeug erst einmal in der Luft – womöglich kaum tragen würden. Er atmete den Geruch von Desinfektionsmitteln, sah aus dem Augenwinkel pakistanische Zeitungen, die verteilt wurden. Ein Gruß aus der Heimat, anlässlich dieses ersten Flugs.

Mit einer Stewardess wechselte er einige Sätze – auf Englisch. Auch sie trug einen beiläufig gebundenen Schleier, in einer betörenden Offenheit und Nonchalance – und (wie eine zweite Verschleierung) einen

Mundschutz. Im Lichte der Deckenbeleuchtung wirkte er nahezu transparent, wie ein durchsichtiger Badeanzug.

Er verwechselte die einfachsten Worte, spürte bereits die Wirkung von Tavor und Vomex, die er auf der Flughafentoilette eingenommen hatte. Ohne diese Medikamente wäre er nicht geflogen.

»Are you all right?«

»Yes, I am fine.«

»Really?«

»Yes, of course.«

Aus seinem Handgepäck holte er die deutsche Zeitung, die er auf dem Flughafen gekauft hatte. Er wollte sie zuerst gar nicht unbedingt lesen, warf aber dann doch einen Blick auf die ersten Seiten. Schon auf der Titelseite sah er die neuesten Schreckensnachrichten: Umsatzeinbrüche und Firmeninsolvenzen. Schwerste Rezession seit dem Krieg. Depression. U-förmige Talsohlen gefolgt von V-förmigen Talsohlen. Und wie man da wieder herauskommt. Nie mehr. Weltbekannte Firmen vor dem Aus. Gefolgt von anderen Firmen. Insolvent, geschlossen, verkauft. Wie Todesanzeigen wirkten diese Nachrichten. Und immer weitere Zahlen: Kurzarbeiterzahlen, Arbeitslosenzahlen und Schuldenzahlen. Schulden über Schulden … Die Frage: Was jetzt werden soll? Wer das alles bezahlen soll? Die Armen? Oder die Reichen? Oder doch besser die Armen? Und der Satz: Jetzt, wo das Schlimme vorbei sei, stehe das Schlimmste erst wirklich bevor. Das klang wie: Genieße den Krieg, der Friede wird fürchterlich.

»Fasten your seat belt.«

Die Stewardess überprüfte das. Mit einem unsichtbaren, nachsichtigen Lächeln. Es schien mehr Lächeln unter ihrer weißen Maske, als Pia während seiner gesamten Schulzeit gelächelt hatte. Der Sitz neben ihm blieb frei. So wie jeder zweite Sitz auf diesem Flug frei blieb. Auch er trug eine Maske. Er merkte das kaum noch. Seine Flugangst hatte sich bereits ein wenig gelegt. Angesichts all der freien Plätze und der ihn umgebenden Masken. Ein mögliches Unglück schien in Anbetracht dieser Bilder gar nicht mehr unbedingt bevorzustehen – es schien bereits geschehen. Damit konnte man leben. Zumindest einige Momente durchatmen. Die Motoren des Flugzeuges begannen zu summen. Er lehnte sich zurück und sah über das Rollfeld hinweg. Im Hintergrund entdeckte er Wiesen und Felder, sogar einige weidende Kühe. Wie ein letzter Gruß. Dann setzte sich das Flugzeug mit einem Ruck in Bewegung.

* * *

Weidende Kühe. Sogar Kühe fügten sich in seine Kindheitserinnerungen. Die Tage vor seinem Abflug waren eine ständig wachsende Kindheitserinnerung gewesen. Er erinnerte sich, so wie er sich schon lange nicht mehr erinnert hatte. Erinnerung neben Erinnerung neben Erinnerung. Sie überschlugen sich … Er sah – während das Flugzeug auf die Rollbahn gezogen wurde – all die Wohnorte vor sich, in denen er als Kind gelebt hatte. Allein nur für seine ersten zehn Lebensjahre zählte er fünf Wohnsitze – beziehungsweise Umzüge in ständig wechselnde Aufenthaltsorte. Jede Beförderung seines Vaters war ein Umzug gewesen. Je länger er darüber nachdachte, desto mehr folgten diese Umzüge einer bestimmten Logik, man könnte auch sagen, einer klimatischen, topographischen und emotionalen Bewegung. Sie gingen entweder von Süd nach Nord oder von West nach Ost, also vom Wärmeren ins Kältere, vom Katholischen ins Pietistische, vom Freundlichen ins Unfreundliche, wenn nicht gar ins Feindselige. Zuerst zogen sie von Südbaden in ein Dorf in Nordbaden, von dort in ein Dorf in Ostbaden, auch Badisch Sibirien genannt, und, als wäre das noch nicht schlimm genug, dann noch einmal ein Umzug nach Nordostschwaben. Es waren Tiefpunkte und Verbannungsorte. Oder immer weitergehende Kältegrade einer entropischen Bewegung. Er sah das nun alles deutlich vor sich: die abgeschiedenen oder abgestorbenen Häuser, vereinsamte Bushaltestellen, abweisende Gasthöfe, die keine Gästezimmer anboten, sondern Fremdenzimmer. Man sollte in Gottes Namen dort nächtigen und sich dann nie wieder blicken lassen. Das war die Botschaft gewesen. In einer solchen Gegend zogen sie in ein neu gebautes Haus.

Zwischen Wohnzimmer und Flur hatten die Eltern für die Kinder eine Schaukel aufgehängt. Vielleicht als eine Art Aufmunterung oder Wiedergutmachung. Dort schaukelten Johannes und seine Schwester während der endlosen Wintermonate. Die Schaukel war in etwa das, was die Pendel der Wanduhren in den anderen Häusern gewesen waren. Oder das unablässige Kreischen der nachbarlichen Kreissägen. Sie kreischten und kreisten Nachmittage lang.

Im Dorf hatte die Schaukel für Befremden gesorgt, da Schaukeln dort ausschließlich im Freien hingen. Johannes wurde wegen dieser Schaukel wiederholt angegangen: Was das soll? Eine Schaukel? Mitten im Haus? Ob es denn dort nichts zu tun gebe. Schon Schaukeln unter freiem Himmel schienen an diesem Ort eine Lächerlichkeit, eine Ausschweifung. Nicht von dieser Welt.

Und wenn es nicht Schaukeln gewesen waren, die die Bewohner gegen sie aufbrachten, dann waren es die bemalten Fenster gewesen: Küchenfenster, Wohnzimmerfenster, Schlafzimmerfenster. Er hatte sie zusammen mit seiner Schwester reihum mit Fingerfarben bemalt, und sei es nur deshalb, um das Leben daheim ein wenig aufzufrischen oder es zu übermalen. Bitte übermalen, hatte seine Mutter gesagt. Vielleicht hatte sie damit ein Zeichen setzen wollen, ob nun für sich selbst, für die Kinder oder für das ganze Dorf.

Immer deutlicher sah er – als das Flugzeug sich langsam der Startbahn näherte – nun seine Schwester. Er sah sie auf Strohbergen spielen oder mit baumelnden Beinen auf dem Seitensitz eines Traktors sitzen. Er sah, wie sie Tiere an sich gedrückt hielt: Meerschweinchen, Hasen, Katzen. Als wollte sie diese Tiere für immer bewahren. Wenigstens gab es in dem Dorf reichlich Tiere. Später waren es Ponys und Pferde gewesen, die sie mit beiden

Armen umschlang. Oder sie lag zusammen mit der Mutter im Krankenhaus in einem Krankenbett. Die Mutter war erst vor wenigen Tagen operiert worden. Julia lag an ihrer Seite, Hausaufgaben machend oder ein Buch lesend oder der Mutter etwas erzählend, aus dem Kindergarten oder der Schule, während Krankenschwestern rein- und rausgingen, ihr Malstifte oder Zeichenblöcke brachten. Alles schien auf den Zustand der Mutter ausgerichtet, selbst die Hausaufgaben.

Das Wort Klinik war über allem gestanden. Wenn das Haus mehr und mehr verstummte, wenn die Mutter aus dem Nichts anfing zu weinen, sie immer weniger aß, sie kaum noch schlafen konnte, ihre Beschwerden unerträglich wurden, bis irgendwann ein Arzt gerufen wurde – dann formte sich dieses eine Wort: Klinik. Sie müsse sofort in die Klinik. Wie ein Weckruf oder eine letzte Instanz klang das. Als ob man erst jetzt begreifen würde. In aller Eile wurden nun Koffer gepackt und Telefonate geführt: Wo man die Kinder hinbringen könnte. Wo sie wohnen und zur Schule gehen könnten. Wie lange sie dortbleiben und wann sie wieder zurückkehren könnten.

Manchmal war ihre Mutter wochenlang in der Klinik gewesen. Und wenn sie irgendwann entlassen wurde, dann mit dem Gefühl, dass sie jederzeit wieder eingewiesen werden könnte. In einem ständigen Hin und Her. Es herrschte der Eindruck von Endlosigkeit. Als würde das immer so weitergehen, ohne je ein Ende absehen zu können, Krankheit auf Krankheit, Behandlung auf Behandlung, Operation auf Operation. Als ob nie mehr irgendwo auf dieser Welt eine Freude aufkommen dürfe. Jedenfalls nicht dann, wenn ihre Mutter immerzu krank war. So wirkte das. An der Einfahrt des Grundstücks befand sich eine riesige Hausnummer. Sie sollte den Krankenwagen den Weg weisen. Damit gar keine Zweifel aufkommen würden, wohin sie kommen sollten.

Seine Schwester war in dieser Endlosigkeit am deutlichsten präsent gewesen, mittendrin, an der Seite der Mutter, nicht mehr von ihr weichend. Während Johannes immer öfter abseitsstand. Er umarmte keine Tiere, er saß an seinem Schreibtisch und arbeitete, machte Hausaufgaben, ging in die Schule, und dies sogar gerne. Sie war für ihn ein Ort der Ruhe und des Friedens gewesen. Das Gegenteil von Krankenhäusern. Als müsste er nicht nur für sich allein, sondern gleich für zwei oder drei Menschen arbeiten, so arbeitete er, um das Leben daheim in andere Bahnen zu lenken, wenigstens in seinen Gedanken. Damit bestand er sein Abitur, mit einem guten Notenschnitt – während seine Schwester sich später kaum noch daran erinnern konnte, ob sie das Abitur überhaupt bestanden hatte. Es interessierte sie gar nicht.

Er wurde ihr als leuchtendes Beispiel hingestellt. Ein Beispiel wofür? Beispiel eines guten Notenschnitts, einer Eins in Englisch, eines zügigen Studiums, eines Doktors und einer Art Stelle an der Universität. Während sie sich als ein Anti-Beispiel sah. Sie sah sich nicht nur so, sie fühlte sich dem ganz und gar verpflichtet.

Sie studierte irgendetwas. Oder nein, sie studierte genau das, was sie eigentlich immer hatte studieren wollen, aber keinesfalls hätte studieren sollen. Sie studierte Germanistik und Philosophie, und dies gegen den Rat aller. Ob sie nicht besser Tiermedizin hätte studieren können, so der Rat einer Tante, wenn sie doch Tiere so gerne mochte. Aber sie wollte nicht. Trotz der Tiere. Sie studierte Germanistik und Philosophie. Aussichtslose Schreckworte – doch sie studierte genau das.

Manchmal hörte ihr Bruder monatelang nichts mehr von ihr, dann überschlugen sich plötzlich ihre SMS-Nachrichten. Es handelte sich überwiegend um Notrufe: Geld verloren, ihre Wohnung aufgebrochen, von ihrem Freund geschlagen, in eine Polizeikontrolle geraten, das Studium abgebrochen, und das kurz vor dem Examen, obgleich sie ihre Magisterarbeit bereits abgeschlossen hatte … Ihr Bruder fragte sich: Warum eigentlich? Und sie wusste darauf keine Antwort. Meist war es irgendein Schrecken, eine Hiobsbotschaft, eine Notsituation, ein selbstgewählter oder ein sich von außen auftuender Abgrund, der alles und jeden in den Bann schlug, ob man wollte oder nicht. Als würde sie damit an das Klinikwort der Mutter anknüpfen, nur unter anderen Vorzeichen und in ihrer eigenen Welt. Was sagst du nun, leuchtendes Beispiel. Und er sagte nichts.

* * *

IRGENDWANN SASS ER AN Julias Seite. So wie vorher auch schon andere Männer an ihrer Seite gesessen hatten, zahlreiche, wechselnde, in der einen oder anderen

Form immer wieder angeschlagene Männer, die irgendein Problem hatten oder einer besonderen Hilfe oder Zuwendung bedurften, dezidierte Anti-Beispiele – während an Johannes' Seite nur selten irgendwelche Frauen saßen, weder Beispiele noch Anti-Beispiele, und wenn doch einmal eine Freundin neben ihm saß, dann wurde sie kaum beachtet. Weit entfernt von irgendeiner Pia.

Sie stellte ihren neuen Freund der Familie vor: »Das ist Faizan.« Jener Mensch, der wie eine Flocke in ihr Leben geschneit war, eine Flocke, die bald größer wurde, größer und immer größer, zu einem Schneeball anwuchs, zu einem immer größer werdenden Schneeball, der immer noch mehr Schnee an sich band, ganze Schneefelder, die irgendwann zu einer Lawine anwuchsen, zu einer von allen Seiten gespeisten Lawine.

Zunächst sprach er nur Englisch, auf eine archaisch anmutende Art und Weise. Julias Eltern adressierte er mit »Father« und »Mother«. Dies klang ehrerbietend. Als wäre er eine Art Sohn. Der Vater blickte teils gerührt und dann wieder fragend: Woher er komme. Was er beruflich mache. Was er studiert habe. Vor allem aber: Was denn mit ihm nun werden solle, hier in diesem Land? Und Julia gab die Antworten: Er komme aus Pakistan. Er habe in Deutschland einen Asylantrag gestellt. Er sei ihr Freund. Der Vater aß schweigend. Die Mutter war angetan von Faizans Augen. Ihr Vater wollte ihn fragen: Wer ihn, Faizan, in Pakistan denn genau verfolgt habe. Wie man sich eine solche Verfolgung denn vorzustellen habe. Doch er fragte lieber nicht, schon gar nicht mit dem Wort *denn*. Für Julia war das ein Unwort: der Prolog zu immer wiederkehrenden Streitgesprächen. Stattdessen erkundigte sich ihr Vater nach der allgemeinen politischen Lage in dem Land, nach der Topographie und dem Wetter … Doch diese Fragen liefen ins Leere. Ihr Vater sprach kaum Englisch, und Julia hatte keine Lust, derlei Fragen zu übersetzen. Die Mutter fand ihn warmherzig, aber für die Tochter etwas zu jung. Er schien zehn bis fünfzehn Jahre jünger als sie. Aber warum nicht.

Julia erklärte, um irgendetwas zu sagen, dass Faizan leidenschaftlich gerne Cricket spiele. Cricket sei in Pakistan ein Nationalsport. Faizan zeigte auf seinem Smartphone Fotos pakistanischer Cricketstars. Es handelte sich um Nationalhelden, die mit einem einzigen Schlag Geschichte geschrieben hatten, in atemberaubenden Schicksalsspielen, insbesondere gegen Indien, Südafrika oder England. Es drehe sich beim Cricket alles um das Duell zwischen Werfer und Schlagmann, und es seien die Befreiungsschläge von in Bedrängnis geratenen Schlagmännern, die ein stundenlanges Spiel schlagartig wenden können. Das sei Cricket. In ausgesuchten Momenten seien es Befreiungsschläge, Genieschläge, Umschläge jahrelangen Unglücks in ein unerwartetes Glück. Mancher Schlag sei wie eine Auferstehung oder eine nationale Unabhängigkeitserklärung.

Der Vater fand das beeindruckend – die Quintessenz eines englischen Sports, eine ungeahnte Verbindung zu Europa. Faizan erzählte auf Englisch. Auf die Rückseite einer Speisekarte zeichnete er die wichtigsten Regeln. Er zeigte, wie ein Werfer (*Bowler*) und ein Schlagmann (*Batsman*) sich in diesem Spiel bewegen, niemals abrupt, aufbrausend oder hektisch, wie etwa im Fußball, sondern ruhig, konzentriert und bedacht, immer die Contenance wahrend, trotz der unbeschreiblichen Bedeutung eines Cricketspiels, und das über viele Stunden hinweg, ohne dass überhaupt etwas passiere. Bis dann doch etwas passiere, und es sei diese Plötzlichkeit, die das Spiel ausmache. Er erzählte das mit wachsender Begeisterung und mit immer größer werdenden Bewegungen. Was Cricket sei, und was Cricket auf keinen Fall sei. »Cricket … That is Cricket … That is not Cricket …«

Sie saßen im Ratskeller und aßen Maultaschen, Rostbraten und Spätzle. Für die Eltern war das der Inbegriff eines guten Essens, während Faizan dieses Essen (nach pakistanischem Standard) nichtssagend und fad fand, ohne jeden Geschmack. Selbst die ihm empfohlene Pfefferpfanne schmeckte nach gar nichts.

Ob ihm denn das Essen munde, fragte der Vater.

Faizan antwortete ausweichend: »It is most interesting.«

Der Vater verstand das als Lob.

Für Julia war all das unendlich peinlich.

Später nahm er es selbst in die Hand zu kochen, entweder in Julias Wohnung oder in Julias Elternhaus. In der nächstgrößeren Stadt besorgte er die notdürftigsten Gewürze, kochte für Julia und ihre Eltern pakistanische

Gerichte, die er wie ein Sternekoch garnierte und servierte, als wollte er sie für immer von allen Maultaschen und Pfefferpfannen befreien.

Wie sie sich kennengelernt hatten, wollte ihre Mutter später wissen. Julia erzählte es nur bruchstückhaft: Sie hatte ihn auf einer Treppenstufe am Ausgang einer Diskothek sitzen sehen. Sie hatte sich zu ihm gesetzt und sie hatten angefangen zu sprechen. Irgendwann sind sie dann aufgestanden und nach Hause gegangen.

»Why are you so sad?«

Das war seine erste Frage gewesen.

Nachdem sie sich neben ihn gesetzt hatte.

»I am not sad.«

»Yes, you look sad.«

»Really?«

»Yes.«

Und sie fühlte sich zum ersten Mal seit Jahren verstanden. Julias Mutter sprach von ihm als einem leuchtend jungen Mann.

* * *

ALS HÄTTE DIE WELT ausgespielt, mit ihrem ganzen Gebaren und Gehabe. So war ihr das damals erschienen, als sie das erste Mal gemeinsam mit ihm nach Hause gegangen war. Als wäre nichts anderes mehr von Bedeutung, nur noch er und sie.

Sie unterhielten sich – auf Englisch – und kein Wort war verfehlt oder vergebens, wie in den früheren Beziehungen. Obwohl sie gar nicht gut Englisch konnte, fand sie doch immer die richtigen Worte.

Wo ist der Haken?

Hatte eine Freundin sie gefragt. Denn das sei ja alles viel zu schön, um wahr zu sein. Beginnend mit seinen Augen. Seine strahlenden Augen. Sie fand ihn hinreißend und liebenswert. Entwaffnend war das Wort. In allem, was er tat und sagte. Ohne den ständigen Einwand, den so viele Männer verkörpern: Einwände gegen dieses und jenes, eigentlich gegen alles, selbst gegen den Umstand, mit einer Frau überhaupt zusammen zu sein. Wenn es denn unbedingt sein muss. In dieser Art sprachen und sprechen sie. Immerzu ausweichend. In jedem zweiten Satz irgendein Denn oder Aber vorbringend, in einer nicht mehr ablassenden Akribie und Rechthaberei, bis von zwei Menschen nichts mehr übrig ist.

Wo war der Haken?

Der Haken war, dass sie sich ernsthaft in ihn verliebt hatte, dass sie sich in seiner Gegenwart wohlfühlte, nicht gedrängt, gehetzt oder verletzt, so wie in den früheren Freundschaftenlles schien dieses Mal anders und besser – das einzige Problem war: Wenn er doch nur bleiben dürfte. Er war in diesem Land (wenn überhaupt) nur vorübergehend geduldet. Bei der Landesaufnahmestelle hatte er einen Asylantrag gestellt, unter den denkbar schlechtesten Vorzeichen. Das war der Haken. Dass er aus Pakistan kam und nicht aus einem anderen Land, einem Kriegs- oder Bürgerkriegsland, wie etwa Syrien. Vor der Anhörung in der Landesaufnahmestelle hatte er panische Angst, wohl wissend, dass man seinen Asylantrag wahrscheinlich ablehnen würde, und dies aus zahllosen Gründen, deren Logik er zum größten Teil nicht einmal verstand. Er hatte keine Ahnung von den deutschen Gesetzen (oder allenfalls umrisshaft, gerüchteweise, als nächtlicher Flüsterton in den Sammelunterkünften), und auch Julia hatte von diesen Gesetzen keine Ahnung: Asylrecht, Aufenthaltstitel, Arbeitserlaubnis. Ihr blieb also nichts anderes übrig, als sich nach Anwälten zu erkundigen, die es kaum gab, da es, wie sie erfuhr, in diesem Rechtsbereich kaum etwas zu holen gab, außer Niederlagen, Abschiebungen und endloser Tristesse.

Faizan wohnte in einer Flüchtlingsunterkunft: Aschgraue containerartige Gebilde, in denen offensichtlich Menschen untergebracht waren, die aus Fenstern schauten, in einer Mischung aus Müdigkeit und Ratlosigkeit. *Und? Was sollen wir jetzt tun? Jetzt, wo wir hier sind.* Tagaus, tagein. Immer dieselben Fragen, derselbe Blick. Wie in einem ewigen Wartezimmer.

Er schlief in einem Mehrbettzimmer. Dort hielt er es kaum mehr aus: die knarrenden Doppelstockbetten, das Geschnarche, die ständigen Toilettenspülungen, die nächtlichen Flüstergespräche – und das wütende Hundegebell aus einer benachbarten Abfallverwertungsanlage. Immer öfter stand er nachts auf und lief ins Freie, wanderte ziellos durch die Nacht, um dann irgendwann vor Julias Tür zu stehen. Doch für sie war das kein Haken, sondern eine Freude, wenn er nachts zu ihr kam, in ihr

Bett schlüpfte, sie umarmte, in einer Mischung aus Verlorenheit und Sehnsucht.

Im Radio hörte sie, dass in diesem Land alles schon viel zu viel sei, das Leben, die Steuern, die Abgaben, die Staus, der Verkehr, der Stress, die Arbeit, und dass jetzt auch noch die Flüchtlinge kommen und dass das (bei aller Fürsorge und Liebe) unendlich anstrengend sei. Wenn Faizan nachts neben ihr lag, dann war es jedenfalls nicht anstrengend.

Später dachte sie: Nicht Flüchtlinge sind anstrengend, sondern Flüchtlinge im Angesicht der deutschen Bürokratie. Das ist in der Tat anstrengend.

Es war ein Fulltime-Job. Beginnend mit der Suche nach einem Anwalt. Keiner fühlte sich für einen solchen Fall zuständig. Oder wollte sich dafür zuständig fühlen. Man schickte sie weiter oder wollte erst einmal Geld sehen.

»Das wird nicht ganz billig sein.«

»Wieviel?«

»500 Euro.«

Und Julia nickte.

»Pro Monat.«

Doch man sagte ihr, dass dieser Anwalt ein ausgewiesener Fachmann sei, auf Asylfragen geradezu spezialisiert. Einer der ganz wenigen.

»Wenn Sie das bitte unterschreiben würden.«

Sie unterschrieb und reichte ihm Unterlagen, die der Anwalt beiläufig durchblätterte: Pakistan. Das sei nicht Syrien. Das sei weder Fisch noch Fleisch. Das komme kaum in den Abendnachrichten, passe in kein rechtes Konzept. Für einen Flüchtling sei das ein viel zu schönes Land. Gelte de facto als sicherer Herkunftsstaat.

Julia: Wenn es dort so schön wäre, dann wäre Faizan ja kaum hier.

Der Anwalt: Das könne sie nicht entscheiden.

Wer es dann entscheide?

»Das entscheidet die Bundesrepublik Deutschland.«

»Die Bundesrepublik Deutschland?«

»Ja.«

Nicht einmal der Anwalt glaubte, dass Faizan einen wirklichen Asylgrund hatte. Keinen eigentlichen Weggeh-Grund als vielmehr nur einen Hierherkomm-Grund. Und das sei ein Unterschied, ein entscheidender Unterschied.

* * *

In der Zwischenzeit hatte Faizan eine Arbeit gefunden, in einem Dönerrestaurant namens *Osmanisches Reich*. Dort wischte er Tische, räumte Geschirr ab, füllte die Spülmaschine. Später nahm er Bestellungen auf. Er tat das mit einer Ruhe und Freundlichkeit, die die Gäste beeindruckte. Er schien die Gäste, die meist auf die eine oder andere Art mürrisch oder gereizt wirkten, zu beruhigen. Das Essen an sich war nicht besonders, doch es gewann von Woche zu Woche dank seiner Präsenz – und der Eleganz seiner Bewegungen. Eigentlich waren es die Bewegungen von Kellnern in Sternerestaurants, wie auch immer er sich diese Bewegungen angeeignet hatte. Er sagte, es seien die Bewegungen von Cricketspielern. Jeden Tag schaute er im Fernsehen Cricket, und er bewegte sich im Geiste mit seinen Lieblingsspielern, wie sie mit ruhigen Schritten stundenlang einen englischen Rasen beschreiten. Nichts anderes sei ein Restaurant – mit Werfern und Schlagmännern und fliegenden Wechseln. Die Schwingtüren zwischen Küche und Gästeraum bewegten sich, wenn er Dienst hatte, anders als sonst: feierlicher und freigiebiger. In ausgesuchten Momenten wie ein Theatervorhang, der sich öffnet. Vorhang auf – hier kommt das Essen, das er in einer einzigen durchgehenden Bewegung servierte.

Tagsüber fühlte er sich ausgeglichen und ruhig, nachts überkam ihn Panik. Er hörte, sobald er wieder in der Sammelunterkunft schlief, das ständige Hundegebell aus der angrenzenden Abfallverwertungsanlage. Bauschutt, Metallschrott, Häckselgut und Problemstoffe. So stand es auf hell erleuchteten Schildern hinter meterhohen Zäunen. Dahinter bellten die Hunde. Sie klangen wie Grenzhunde. Ihr ganzes Leben schien ein einziges, unablässiges Wutgebell, gegen alles und gegen jeden. »Don't sit here. Don't stand here. Don't sleep here.« So bellten sie. Im Stakkato der Sätze, die er auf seiner Flucht gehört hatte. Endlose *Don'ts*.

* * *

Ruhe und Panik. In diesem Wechsel vollzog sich nun sein Leben. Ruhe, wenn er seinen Monatslohn bekam und er Julia einen Becher Eis mitbrachte, wenn er daran dachte, dass er mittlerweile schon fast ein Jahr hier war, ein wenig Deutsch konnte, wenn es so wirkte, als bewegte sich sein Hiersein schon in ersten gesicherten Bahnen, in einer Art Gleichklang und Rhythmus (von Julia zur Arbeit, von der Arbeit wieder zurück zu Julia), wenn er Julia gegenüber erklärte, dass Deutschland insgesamt (alles in allem) das freundlichste Land sei, das er unter all den Ländern dieser Welt erlebt hatte. Dann wieder ein Gefühl von Nervosität, wenn er daran dachte, dass seine Familie in Pakistan auf eine Geldüberweisung von ihm wartete und er erfuhr, dass er in Deutschland als nur geduldeter Ausländer gar kein Bankkonto eröffnen durfte. Julia eröffnete für ihn ein Konto, so wie man für einen Minderjährigen oder ein Kind ein Konto eröffnet, mit zahllosen Unterschriften, Versicherungen und Rückversicherungen. Doch immerhin, es war ein Konto. Ein erster Schritt. Aber trotz Konto (und einer eigenen Bankkarte) wuchs seine Unruhe, wenn er sich vorstellte, dass ein Bankkonto ohnehin bald obsolet sein könnte, da er gar nicht mehr lange hierbleiben dürfe, ja, dass man den bloßen Umstand eines Kontos auch gegen ihn auslegen könnte, als einen Größenwahn oder eine Anmaßung. Dass er genau dann wieder nach Pakistan zurückmüsse, wenn er zur Bank gehe, um dort zum ersten Mal Geld abzuheben. Als würde man diesen Moment von Genugtuung abwarten, um ein Exempel zu statuieren. Wage es nie mehr wieder.

Und dann war es Panik, als er in einem grauen Schreiben zu einer persönlichen Anhörung zu seinem Asylantrag bestellt wurde. Er verstand kein Wort dieses Schreibens. Julia musste es ihm Satz für Satz erklären: *Die persönliche Anhörung ist für die Antragstellenden der wichtigste Termin innerhalb des Asylverfahrens.* Ziel der Anhörung sei es, die individuellen Fluchtgründe zu erfahren, tiefere Erkenntnisse zu erhalten sowie gegebenenfalls Widersprüche aufzuklären. Die Entscheiderinnen und Entscheider seien mit den Verhältnissen in den Herkunftsstaaten der Antragstellenden vertraut. Julia fragte sich: Inwiefern vertraut? Haben sie dort gelebt? Oder nur einige Landkarten studiert?

Gegebenenfalls Widersprüche aufzuklären. Julias ganzes Leben bestand aus Widersprüchen, und sicher auch Faizans Leben. Lauter Widersprüche. Sie wollte diese Widersprüche gar nicht in Erfahrung bringen. Jeder Mensch habe ein Anrecht auf seine eigenen Widersprüche. Sie dachte an Oscar Wilde: *Der wohlerzogene Mensch widerspricht anderen, der Weise sich selbst.* In dem Anhörungsgespräch wäre ein solcher Satz schon das Ende.

Nächtelang hatte Faizan in den Schlafräumen der Sammelunterkunft Proben dieser Anhörung gehört: was man in einer Anhörung unbedingt sagen sollte. Und was man unter keinen Umständen sagen sollte. Wo man in Pakistan geboren sein sollte und wo man besser nicht geboren sein sollte. Wo man dort hätte leben sollen und wo man besser nicht leben sollte. Schon das Wort *Anhörung* ist falsch. Man hört dort niemanden an, sondern hinterfragt, unterbricht, dringt ein, hakt nach, insistiert, unterstellt, weist zurecht – und weist dann aus.

Faizan hörte von furchterregenden Anhörungen, in denen alles aus den Fugen geriet, alle guten Gründe. Nichts hatte mehr irgendeine Gültigkeit. Alles wurde verquer. Ein verqueres Leben in stundenlangen Anhörungen, bis nichts mehr von diesem Leben übrig war. Aus und vorbei. Bitte verlassen Sie die Bundesrepublik Deutschland.

⋆ ⋆ ⋆

Dr. Soleimani war ein pakistanischer Gelehrter. Auch er wohnte in der Sammelunterkunft, sogar in einem Einzelzimmer. Wie immer er auch an dieses Zimmer (am Ende eines langen Ganges) gekommen war – es war mit Büchern vollgestellt. Sie wirkten auf Besucher wie eine behagliche Wand. Für ihn war das Zimmer weit mehr als nur ein vorläufiges Zimmer. Es handelte sich um eine Bibliothek. So nannte er seine Bleibe: meine Bibliothek. Als wäre sein Hiersein eine Art Forschungsaufenthalt. Die Bücher hatte er sich in Antiquariaten und auf Flohmärkten gekauft. Dr. Soleimani war in der Sammelunterkunft bald eine Institution. Wenn jemand krank wurde, dann suchte man erst einmal ihn auf, obgleich er gar kein Arzt war, sondern Philosoph, Dozent der Philosophie. Doch sogar von Erkrankungen schien er etwas zu verstehen. Er konnte sie zumindest richtig aussprechen und auf lateinische Wortgeschichten beziehen. Er war besser gekleidet als die anderen, trug eine Krawatte und ein Jackett. Wie ein pakistanischer Botschafter wirkte er – oder wie ein Arzt oder Lehrer. Jedenfalls lief er weniger gebeugt als die anderen.

Wer, wenn nicht er, der einen Doktortitel hatte, der in seiner Gelehrtenstube Bücher studierte, der in Pakistan an der Universität Philosophie gelehrt hatte, der sogar ein wenig Deutsch konnte, kein Alltagsdeutsch, sondern ein Philosophendeutsch, der in seinem Zimmer Bücher von Nietzsche, Schopenhauer und Kant hervorziehen und der etwas über deren Leben und Werk sagen konnte. Wer, wenn nicht er. So sprach man über ihn, und erzählte dann, wie seine Anhörung abgelaufen war. In etwa so: »Sie sind also Philosoph?«

»Ja.«

»Haben sich in Ihrem Zimmer schon häuslich eingerichtet.«

»Ja.«

Man sah das als Voreiligkeit.

Was Dr. Soleimani nicht verstehen konnte.

»An welcher Universität haben Sie unterrichtet?«

»An der Universität Karatschi.«

»Wo ist das?«

»In der Provinz Sindh.«

»Wann haben Sie die Universität verlassen?«

»Ich habe sie nicht verlassen.«

»Nein?«

»Man erteilte mir ein Lehrverbot.«

»Wie ging das vonstatten?«

»Man strich mich aus den Vorlesungsverzeichnissen. Man räumte mein Büro. Man verwehrte mir den Zugang zur Universität.«

»Wer?«

»Der Dekan der Fakultät.«

»Warum?«

»Aufgrund meiner Veröffentlichungen.«

»Was sind das für Veröffentlichungen?«

»Philosophische Veröffentlichungen.«

»Was soll daran gefährlich sein?«

»Wenn sie kritisch sind.«

»Was heißt hier kritisch?«

»Erkenntniskritisch, ideologiekritisch, regierungskritisch, militärkritisch.«

»Militärkritisch?«

»Es herrscht bei uns das Militär.«

»Man muss ja nicht gleich in jeder Frage *kritisch* sein.«

»Ich bin es.«

»Warum?«

»Weil Philosophie eine Form von Kritik ist.«

»Ist das so?«

»Eine Kritik der reinen Vernunft.«

Ob das nicht übertrieben sei.

Nein, das sei Philosophie.

Es wurde alles infrage gestellt: seine Professur, seine Vorlesungen, seine philosophischen Überlegungen, seine Suspendierung von der Universität … Selbst seine Veröffentlichungen wurden hinterfragt.

»Wo haben Sie eigentlich veröffentlicht?«

»Im *Pakistan Journal of Philosophy*.«

Ob das alles sei.

Für Doktor Soleimani war das schon sehr viel. Und selbst für den pakistanischen Militärgeheimdienst waren diese Veröffentlichungen ziemlich viel. Man habe ihn mehrere Male aufgesucht und befragt.

»Wer?«

»Mitarbeiter des ISI.«

Was das sei? ISI?

»Der *Inter-Services Intelligence*. Der Militärgeheimdienst.«

Ob das nicht übertrieben sei.

Nein, das sei Pakistan.

Er fügte hinzu, dass er seine Schwierigkeiten auch deshalb bekommen habe, weil er in einer Vorlesung die Bombe kritisiert hatte.

»Welche Bombe?«

»Die Atombombe. Pakistan verfügt über die Atombombe.«

»Ist das so?«

»Ja.«

»Und warum haben Sie die Bombe kritisiert?«

»Weil die Bombe eine Gefahr ist.«

»Für wen?«

»Für das Land, für die Region, für den Frieden, für die ganze Welt. Am Ende sogar für ein Land wie Deutschland.«

Stille.

»Warum sollte man eine Bombe in Pakistan nicht kritisieren dürfen?«

Weil sie, so Dr. Soleimani, in Pakistan ein nationales Heiligtum sei. Sie sei in seinem Land sakrosankt. Unantastbar. Unangreifbar. Der Inbegriff nationaler Größe und Würde. Die Würde der Bombe ist unantastbar. So stehe es in den Köpfen der Menschen. Und genau deshalb sei die Bombe eine Gefahr. Man werde, wenn man sie kritisiere, zum Staatsfeind.

»Man muss sich ja nicht gleich zu einem Staatsfeind machen.«

»Nicht ich mache mich zum Staatsfeind. Der Staat macht mich zum Staatsfeind. Das ist ein Unterschied.«

Er versuchte diesen Unterschied zu erläutern, doch man wollte seine Erläuterungen nicht hören. Auch nicht seine Ausführungen zu Kants Gedanken *Zum ewigen Frieden*. Das stehe hier nicht zur Debatte. Stattdessen forderte man ihn dazu auf: »Bitte beweisen!«

»Wie bitte?«

»Bitte beweisen! Dass Sie die Universität verlassen mussten, dass man Sie bedrängt und verfolgt hat. Bitte beweisen Sie es!«

»Wie kann ich das beweisen?«

»Versuchen Sie es.«

»Ich …«

»Sehen Sie.«

»Wie kann man eine Notlage beweisen?«

»Lassen Sie sich etwas einfallen.«

Stille.

»Sie sind auf dem Landweg hierhergekommen?«

»Ja.«

»Warum nicht mit dem Flugzeug? Ein Philosoph reist doch mit dem Flugzeug.«

»Ich hätte über keinen Flughafen ausreisen können.«

»Warum nicht?«

»Weil ich keine Papiere hatte.«

»Warum nicht?«

»Weil sie einbehalten wurden.«

»Können Sie das beweisen?«

»Wie soll ich das beweisen?«

»Beweisen Sie es!«

»Ich kann es nicht.«

»So, so …«

Stille.

»Sie sind also ohne Papiere gereist?«

»Ja … Oder nein.«

»Ja oder nein?«

»Man hätte mir die Papiere legal nie ausgehändigt.«

»Also sind Sie *ohne* Papiere gereist.«

»Ja.«

»Wie kann man ohne Papiere reisen?«

»Ich …«

»Über Tausende Kilometer und zahllose Grenzen hinweg? Erklären Sie mir das?«

»Ich …«

»Erklären Sie es mir.«

»Ich bin mit anderen Papieren gereist.«

»Was meinen Sie damit? Mit anderen Papieren? Erklären Sie es!«

Er konnte es nicht.

Sein Asylantrag wurde abgelehnt. So nicht, Herr Philosoph. Das war der Tenor der Anhörung gewesen. Schon bald darauf sah man ihn nicht mehr. Sein Zimmer und seine Bücher wurden geräumt. Dr. Soleimani abgelehnt.

* * *

JULIA FRAGTE SICH, WAS in der Ablehnung von Dr. Soleimani wohl mehr Gewicht gehabt hatte, dass er aus Pakistan kam oder dass er Philosoph war? Womöglich war das Zweite noch schlimmer als das Erste. So nicht, Herr Philosoph.

Um acht Uhr morgens wurde Faizan einbestellt: 200 Kilometer von der Sammelunterkunft entfernt. Die Zugverbindungen waren derart, dass er den Ort der Anhörung an dem genannten Tag gar nicht erreichen konnte, dass er bereits am Abend vorher anreisen und die Nacht auf dem Bahnhof oder in einem Hotel verbringen musste. Allein dieser Gedanke erfüllte ihn mit Schrecken. Nicht schon wieder unterwegs. Nicht schon wieder nachts auf einem Bahnhof. In der Kälte stupider Wartehallen. Hätte er zwei Wörter für die letzten Jahre wählen sollen, es wären die Wörter *Angst* und *Warten* gewesen. Ein angstvolles Warten oder eine wartende Angst. Wie das Warten in einem unaufhörlichen Krankenhauszimmer.

Julia versprach, ihn zu begleiten. Sie werde von der Stadtbücherei Urlaub erbitten und mit ihm kommen. Man gewährte ihr diesen Urlaub nicht. Sie sei unabkömmlich. Dennoch war sie fest entschlossen, bei der Anhörung bei ihm zu sein. Sie erinnerte sich nun plötzlich an eine Vorlesung in ihrer Studienzeit. Ihr Professor hatte so etwas Ähnliches gesagt wie: Liebe sei ihrem romantischen Ursprung nach eine Verschwörungsgemeinschaft gegen die Gesellschaft, ein gemeinsames Aufbegehren gegen die Welt, gegen alle Widerstände und Vernunft. So jedenfalls sah sie es. Vielleicht war es aber auch genau umgekehrt, dass die Liebe ihrem Ursprung nach eine Verschwörung der Gesellschaft gegen die Liebe sei.

Faizan begann, sich auf die Anhörung vorzubereiten, so wie die anderen in der Sammelunterkunft sich ebenfalls darauf vorbereiteten. Wie auf eine Prüfung. Er lernte die Namen deutscher Flüsse auswendig sowie die Namen deutscher Bundeskanzler. Den Namen von Angela Merkel sprach er wie eine Ode. Als könnte man die Richter in der Anhörung damit beschwichtigen. Plötzlich fiel ihm ein, dass auch Pakistan mit Benazir Bhutto einmal eine Premierministerin gehabt hatte.

»Wer?«

»Benazir Bhutto.«

»Wer ist das?«

Sie war von 1988 bis 1990 und von 1993 bis 1996 Premierministerin gewesen.

»Wirklich?«

»Ja.«

Wie eine Trumpfkarte wollte Faizan diesen Umstand in der Anhörung hervorheben: Angela Merkel und Benazir Bhutto. Eine ungeahnte Gemeinsamkeit zwischen Deutschland und Pakistan. Zwei Frauen an der Spitze zweier Staaten. Doch Julia dachte, dass man Pakistan genau deshalb auch als westliches Land einstufen könnte, als das Gegenteil eines Fluchtlandes.

Sie sah, wie sich Faizans Hände in diesen Anhörungsproben bewegten. Sie bewegten sich in der Art seines Kellnerns im *Osmanischen Reich*, mit einladenden Gesten, auch bescheidene Speisen noch mit Hingabe servierend, selbst dann noch, wenn ein Gericht hoffnungslos schlecht war. Sie liebte ihn für diese Hingabe, auch wenn sie ahnte, dass seine Chancen bei der Anhörung aussichtslos gering waren. Auch Faizan ahnte es. Er ahnte es nicht nur, er wusste es genau. Sein Land war all das nicht, was andere Länder waren: kein Kriegs- oder Bürgerkriegsland, kein Abendnachrichtenland, kein Schreckwort, kein gar nichts.

Julia spielte die Richterin und Faizan den Antragssteller. Sie fand dieses Rollenspiel furchtbar, doch Faizan wollte es so, und mit jeder weiteren Frage ihrerseits und Antwort seinerseits erlebte sie die Aussichtslosigkeit von all dem. Manchmal küssten sie sich inmitten eines Wortwechsels. Dann stand er wieder auf und erklärte: Er sei völlig chancenlos. Je näher der Anhörungstermin rückte, desto fahriger wirkte er. Selbst bei der Arbeit ließ er Gegenstände fallen. Er entschuldigte sich tausendfach. Ihm sei das noch nie passiert. Auf der Straße bekam er Panikgefühle. Jeder Schritt eine Treppe hinab war ein Fall ins Bodenlose.

Wenn er doch nichts zu verbergen habe, dann könne er doch aufrechten Hauptes dort hingehen, so Julias Vater. Würde er dort aufrechten Hauptes hingehen, dann würde man ihn mit größter Wahrscheinlichkeit aufrechten Hauptes ablehnen und wieder nach Pakistan zurückschicken. So Julia. Als ob Aufrichtigkeit und Wahrheit Asylgründe wären.

Manchmal betrachtete sie stundenlang eine Landkarte Pakistans, Pakistan und Umgebung, und je länger sie sich diese Karte anschaute, desto mehr Gründe entdeckte sie, die vielleicht doch noch für einen Asylantrag sprechen könnten: Die Nähe Pakistans zu Afghanistan, die Korruption und die Militärdiktatur, der Wahhabismus und die zunehmende Islamisierung des Landes, der Umstand, dass kein Geringerer als Osama bin Laden in diesem Land jahrelang untergetaucht war. Gründe über Gründe.

* * *

ZWEI TAGE VOR DER Anhörung stürzte Faizan mit dem Fahrrad. Er brach sich seine Hand, die man operieren musste. Er konnte zu der Anhörung nicht kommen, obgleich er unter allen Umständen genau dort hinwollte, so, als wäre die frisch operierte Hand eine Art Beweis oder Zeugnis, wie ernst ihm das alles war. Die Ärzte ließen ihn nicht gehen. Julia telefonierte mit der Landesaufnahmestelle und teilte ihnen mit, dass Faizan im Krankenhaus sei und nicht vernehmungsfähig. Ein anderes Wort fiel ihr nicht ein – und sie schickte per E-Mail ein Attest.

Dann hörte man erst einmal nichts mehr von der Landesaufnahmestelle, als herrschte dort eine Art Betroffenheit. Faizan wurde aus der Klinik entlassen und kehrte sofort ins *Osmanische Reich* zurück, wo man ihn sehnsüchtig erwartete. Selbst mit einer Hand war er immer noch ein begnadeter Kellner. Die operierte Hand wirkte wie eine beiläufig schwebende Serviette, die zwischen all den Speisen kaum auffiel, zumal die Hand sehr schnell heilte und schon nach wenigen Wochen wieder völlig einsatzfähig war. Er servierte nicht nur immer anmutiger – er garnierte die Gerichte jetzt auch mit pakistanisch-indischen Gewürzen, mit Chiliflocken, Koriandersamen, Nelken, Curry und Lorbeerblättern … Seine Beigaben waren bald ein Begriff.

Abends kochte er für Julia und er kochte so, wie er kochen würde, hätte er ein eigenes Restaurant, mit Tischdecken, teurem Geschirr und Kerzen – und wirklichen Gewürzen. Keine Pfefferpfannen, sondern ganze Landschaften und Gärten seines Landes, die er in Form von Gewürzen hierherbringen und wie ein Sommelier präsentieren würde. Und Julia dachte daran, dass man zu all diesen Gewürzen vielleicht ausrangierte Bücher aus der Stadtbücherei in Regalen aufstellen und einen Zusammenhang herstellen könnte zwischen Büchern, Gewürzen und Speisen. So wie die Menschen essen und kochen, so lesen und schreiben sie womöglich auch, und sie überlegte, was das für die Literatur eines Landes bedeuten könnte, in welchem die meisten Gerichte völlig nichtssagend schmeckten und eine Pfefferpfanne der Inbegriff eines Essens war.

Sie erhob ihr Weinglas und trank auf sein eigenes Restaurant, und er trank mit ihr.

* * *

Wieder zerfiel seine Zeit in Deutschland in zwei Welten: hier das Servieren im *Osmanischen Reich*, die Abende und Nächte bei Julia, die wachsende Ruhe, der Rhythmus und der Gleichklang von all dem, als hätte ein Mensch endlich seinen Frieden gefunden. Er betrachtete Julias Haar, ihre freiliegenden Arme, ihr dünnes Kleid – und er betrachtete ihren neuen Personalausweis mit ihrem Foto und dem Adler der Bundesrepublik Deutschland. Julia bedeutete dieser Ausweis so gut wie nichts. Faizan sah ihn dagegen als eine kosmische Mastercard, mit der alles möglich werden könnte, jedenfalls für einen Menschen wie ihn. Für ihn wäre eine solche Karte eine Erhebung, eine Auszeichnung, ein Wunder, ein Durchbruch, ein … – er wagte kaum daran zu denken.

Dann wieder der Schrecken der Landesaufnahmestelle, die grauen Kuverts, die neuen Anhörungstermine. Wenn Sie glauben, wir haben Sie vergessen, dann irren Sie. Das war die Botschaft der Schreiben. Sie waren auf Umweltpapier gedruckt.

Wieder begannen die Panikattacken, gefolgt von schlaflosen Nächten und Arztbesuchen und der Verschreibung von Beruhigungsmitteln und Benzodiazepinen – begleitet von über ihn hereinbrechenden Erinnerungen, wie er auf seinem Weg von Pakistan nach Deutschland behandelt worden war: »Don't sit here. Don't stand here. Don't sleep here. Don't be here!« Ein durchgehendes, von allen Seiten auf ihn einschlagendes Nein, das sich in jedem Land, das er durchquert hatte, noch einmal an Vehemenz gesteigert hatte und das in der Anhörung zu einem Trommelfeuer anschwellen würde, zu einer Art Jüngstem Gericht, in dem man alles und jedes gegen ihn auslegen und man ihm schlussendlich mitteilen würde: Komme nie mehr wieder! Wage es nie mehr wieder!

Schon nach wenigen Schritten kehrte er wieder um, wenn er im Verlassen von Julias Wohnung den Klang dieser Stimmen hörte. Aus irgendwelchen Fenstern oder Seitenstraßen tönten sie. Und wenn er nicht wegen dieser Stimmen umkehrte, dann aus Sorge, er könnte irgendetwas vergessen haben, zum Beispiel seinen Schlüssel oder seine Aufenthaltsduldung. Im Vergleich zu Julias Ausweis wirkte diese Duldung wie ein armseliges Faltblatt, ein Kinderausweis. *Aussetzung der Abschiebung* stand dort in großen Lettern. Um gar keine Zweifel an der Vorläufigkeit dieses Papiers aufkommen zu lassen. Wie eine ständige Erinnerung oder Ermahnung prangten diese Worte. Doch immerhin handelte es sich um einen Ausweis. Er kehrte um und holte ihn, um damit auf die Straße zu gehen. Trotz der Stimmen. Doch dann dachte er plötzlich an die Herdplatten in der Wohnung. Ob sie wirklich ausgeschaltet waren? Oder vielleicht noch glühten? Sei es nun durch einen Fehler von ihm oder weil sich diese Platten von selbst wieder eingeschaltet hatten. Je ausgiebiger er für Julia gekocht hatte, desto größer wurde genau diese Angst. Als könnte all das noch ein Nachspiel haben. Je besser ein Essen, umso größer das Nachspiel. Und dies bereits jetzt, schneller als er gedacht hatte, in Gestalt glühender Herdplatten. Ein gewaltiges Unglück, das er durch einen einzigen Fehler hervorgerufen haben könnte, sei es nun durch einen eingeschalteten Toaster oder durch eine auslaufende Waschmaschine. Oder durch sonst irgendetwas. Er sah sich als Urheber allen denk- und undenkbaren Unglücks: brennender Häuser oder plötzlicher Wassermassen, die durch die Stockwerke des Hochhauses fließen, in einer nie mehr zu behebenden Unaufhörlichkeit.

Also kehrte er um und vergewisserte sich, wieder und immer wieder, fotografierte den Herd, die Waschmaschine, den Sicherungskasten an der Wohnungstür, um sich und anderen zu beweisen, dass er für all das, was noch kommen oder passieren könnte, nicht verantwortlich war. Jedenfalls nicht in jeder Hinsicht.

Julia versuchte ihn zu beruhigen. Wie er überhaupt auf eine solche Idee komme, dass sich Herdplatten von allein einschalten können. Sie legte beide Hände auf die Platten. »Siehst du.« Sie seien alle kalt. Er habe keinen

Fehler gemacht. Sie haben sich nicht von selbst eingeschaltet. Mit ihren Händen berührte sie seine Hände und verdeutlichte ihm, wie kühl sie waren. »Spürst du es?«

* * *

SIE WARTETE IMMER NOCH auf eine Nachricht von ihrem Anwalt, den sie monatlich bezahlte, der aber eigentlich keine große Lust hatte, sich gerade mit Faizans Fall zu beschäftigen. Warum sollte er das auch. Also suchte sie ihn auf und befragte ihn. Zum ersten Mal widersprach er nicht, als sie andeutete, dass die Aussichten für einen pakistanischen Staatsbürger womöglich nicht die allerbesten seien. Er widersprach nicht. Im Gegenteil, er räumte ein, dass Pakistan nicht gerade ein Vorzeigeland der Flucht, Verfolgung und Vertreibung sei. Er werde sich jedoch bemühen. Sie fragte, was im Falle einer Ablehnung des Asylantrags geschehen würde? Der Anwalt: Es werde zwischen zwei Arten von Ablehnung unterschieden, einer einfachen Ablehnung sowie einer Ablehnung als *offensichtlich unbegründet.* Bei einer einfachen Ablehnung werde der betroffenen Person eine Ausreisefrist von dreißig Tagen gesetzt; bei einer Ablehnung als *offensichtlich unbegründet* betrage die Ausreisefrist nur eine Woche. Zum ersten Mal bekam Julia eine Ahnung von Faizans Panikattacken.

Den Betroffenen stünden, so der Anwalt, in jedem Fall Rechtsmittel zur Verfügung. Man könne gegen die Entscheidung auch klagen. Sofern man das Geld habe.

In diesen sich endlos hinschleppenden Gesprächen tauchte zum ersten Mal eine ganz andere Möglichkeit des Vorgehens auf. Der Anwalt kam erst nach mehreren Anläufen darauf zu sprechen: Wenn Julia bereit wäre, Faizan einen völlig neuen Status zu verleihen, jenseits des Asylverfahrens, wenn sie eventuell darüber nachdenken würde, ihren Freund zu …, ja, wie solle er es ausdrücken, ihn zu … heiraten, dann wäre sein Hierbleiben deutlich leichter, ja durchaus möglich. Es sei, so der Anwalt, nüchtern betrachtet, die einzig realistische Möglichkeit für ihren Freund, hierbleiben zu können.

Julia hörte all diese Worte: *möglicherweise*, *eventuell*, *nüchtern betrachtet*, *realistisch*. Wie Arztworte, die sich allmählich zu dem Wesen einer Krankheit vortasten und dann zu einem Eingriff anraten. Und zwar zu einem deutlichen Eingriff. Als säße sie bereits in einem Arztzimmer und würde die entsprechenden Formulare ausfüllen. So fühlte sie sich.

Und wenn sie sich nicht als Patientin fühlte, dann wie die Angehörige eines schwerkranken Patienten, wenn ein Arzt ihr mitteilt, wie aussichtslos die Lage des Kranken sei und der Patient nur noch durch die Übertragung eines fremden Organs gerettet werden könne, sofern sie dieselbe Blutgruppe habe und bereit wäre, ein solches Organ zu spenden. Sind Sie dazu bereit? So klang das. Denken Sie einmal darüber nach.

* * *

Ihr Nachdenken war ein einziges, durchgehendes Selbstgespräch: Unter keinen Umständen hatte sie jemals heiraten wollen. Dies war nicht irgendein Vorsatz gewesen, sondern ein Lebensvorsatz, eine fundamentale Lebensentscheidung. So wie man sich entschließt, niemals zu töten oder den Kriegsdienst zu verweigern. Keinesfalls heiraten. Ihre Eltern waren bereits abschreckende Beispiele. Jede einzelne Ehe der Welt war für sie ein abschreckendes Beispiel. Schon die Grundidee einer Ehe war für sie ein Schrecken. Ein Lebendig-Begraben-Werden. Sie dachte an Kierkegaard: *Nie lasse man sich auf die Ehe ein.* Oder: *Die Freundschaft ist bereits gefährlich, die Ehe ist es noch mehr.* Oder: *Wenn zwei Menschen sich ineinander verlieben und ahnen, dass sie füreinander bestimmt sind, so gilt es den Mut zu haben, abzubrechen.* Sie hatte diese Sätze in ihrer Magisterarbeit zitiert, in einer nicht enden wollenden Arbeit, in der es (wie sie erst jetzt wirklich merkte) eigentlich um die Unhaltbarkeit der Ehe ging, in philosophischer, literarischer, ästhetischer und in jeder anderen Hinsicht.

Und wenn sie in ihrer Arbeit nicht Kierkegaard zitiert hatte, dann Oscar Wilde oder Johann Nestroy: *Ich bin immer gern bei Hochzeiten, schon das Bewusstsein, dass es nicht die meinige ist, macht, dass sich die Brust froh und frei hebt.* Derlei Sätze.

Sie sprach mit Freundinnen und Freunden. Die einen sagten: Sie könne doch nicht einfach heiraten, nur damit ein Mensch hierbleiben kann. Sie gehe damit zu weit. Das sei völlig unmöglich. Die anderen erwiderten: Die einzig tragfähige Rechtfertigung für ein solches Unding wie eine Ehe sei genau das. Wenigstens könne ein Mensch dadurch einen Platz finden, einen Lebensplatz. Für die einen war es eine Form von Kannibalismus, für die anderen ein ehrenwerter Opfergang. Die Sätze flogen ihr um die Ohren. Zum Beispiel der Satz aus dem *Kleinen Prinzen*: *Du bist zeitlebens für das verantwortlich, was du dir vertraut gemacht hast.* Der Satz war ein Dammbruch.

In dieser Zeit steigerten sich ihre E-Mails und SMS-Nachrichten an den Bruder zu einem Dauerton. Während für Julia diese Eheschließung nur eine Möglichkeit war, eine letzte verzweifelte Möglichkeit, wusste Johannes längst, dass die Entscheidung eigentlich schon gefallen war. Und indem sie bereits gefällt oder gefallen war, hörte er zwischen den Zeilen ihre ganze Wut. Sie gebrauchte das Wort *Zwangsehe*, eine staatlich erzwungene Zwangsehe.

Seine Antwort: Niemand könne sie zu einer Ehe zwingen. Nicht einmal sie sich selbst.

Ihre Antwort: Der Staat zwinge sie. Der Umstand, dass sie mit Faizan zusammenbleiben wolle, zwinge sie. Die Tatsache, dass er auf keinen Fall nach Pakistan zurückkönne, zwinge sie. Dass er nur das wolle, was andere von Geburt an in diesem Land schon gewährt bekommen: hier zu leben. Schon der Satz aus dem *Kleinen Prinzen* zwinge sie: *Du bist zeitlebens für das verantwortlich, was du dir vertraut gemacht hast.*

Die Antwort des Bruders: Nur weil ein Satz im *Kleinen Prinzen* stehe, sei er noch nicht richtig. Der Satz sei geradezu abstoßend und totalitär. Ihr Bruder fragte sich auch, wer sich hier *wen* vertraut gemacht habe. Ob nur sie sich ihm vertraut gemacht habe oder nicht auch er sich ihr. Womöglich habe er sich ihr viel mehr vertraut gemacht als umgekehrt. Dann wäre er ja auch für sie verantwortlich und würde ihr eine Ehe nicht zumuten. Er könnte ja auch sagen: Es reicht. Bis hierher und nicht weiter. Es reicht.

* * *

GEFÄHRLICH SIND DIE BISSE gereizter Not – sagt ein lateinisches Sprichwort. Ihr Bruder bekam diese Not zu spüren, als sie eines Abends bei ihm anrief und ihren ganzen Widerwillen gegen diese Zwangsehe in immer neuen Vergleichen auf den Punkt brachte: Kannibalismus, Organspende und einiges mehr. Sie sprach sich in Rage über etwas, das längst entschieden war, das man aber auch ganz anders hätte entscheiden können – und auch anders hätte entscheiden dürfen.

Niemand könne sie zu einer Ehe zwingen, so ihr Bruder, in einem ständigen, völlig sinnlosen Mantra. Ihre Antwort: Die Situation zwinge sie. Ihr Gewissen zwinge sie. Faizans Panikattacken zwingen sie. Der Umstand, dass sie nachts einmal wieder schlafen wolle, zwinge sie.

Und selbst wenn sie ihn heirate, so ihr Bruder, dann höre das Leben ja deshalb nicht mit einem Schlag auf.

Nein!?

Nein.

Es gelten immer noch die Menschen- und Bürgerrechte, erklärte der Bruder. Trotz Ehe. Die Würde des Menschen ist unantastbar. Das und einiges mehr gelte ja auch in einer Ehe. Sie könne jederzeit aufstehen und gehen. Kurzen Prozess machen. Sich scheiden lassen. Eine Ehe könne man leichter scheiden lassen als eine Beziehung. Das sei immerhin ein Vorteil. Oder sie könne von vornherein eine solche Verbindung als vorläufig, vorübergehend, provisorisch, begrenzt, minimalistisch oder als was auch immer ansehen. Nur nicht als normale Ehe.

Für einen Moment hielt sie inne. Als würde sie das durchdenken. Um dann zu erwidern: All das gelte genau nicht. Oder nicht mehr. Oder nie mehr wieder. Weder bei ihr noch bei irgendjemandem sonst. Wenn man im Leben schon kaum nein sagen könne, wie könne man es dann in einer Ehe. Wenn man im Leben keine Grenze ziehen könne, wie dann in einer Ehe.

Sie nannte es eine Einsamkeit zu zweit, eine gelebte DDR, ein Stacheldraht, ein Plattenbau, vor allem aber ein Abschied, und an erster Stelle ein Abschied von sich selbst. Sie hatte einiges getrunken. Ihre Antworten klangen verzweifelt. Sie sprach stakkatoartig. Erst jetzt bemerkte Johannes, dass Faizan in diesem Gespräch die ganze Zeit zugegen gewesen war. Faizan hörte es Wort für Wort. Was sie ihm vielleicht niemals direkt gesagt hatte und auch gar nicht hatte sagen können – jetzt sagte sie es ihrem Bruder, in einem nicht enden wollenden Verzweiflungsausbruch. Bis Faizan, der wie ein lebloses Ding in einer Ecke gesessen hatte, aufstand und sagte: Er liebe sie, habe sie immer geliebt und werde sie immer weiterlieben. Er werde ihr das nicht zumuten. Er werde nachher packen und zur Sammelunterkunft gehen und von ihr ablassen – und wieder nach Hause gehen, zurück nach Pakistan. Es tue ihm alles unendlich leid.

In diesem Moment fing Julia an zu weinen. Sie weinte in immer neuen Konvulsionen, so wie ihr Bruder sie noch nie hatte weinen hören, selbst in den schlimmsten Momenten ihrer Kindheit nicht. Sie hatte den Hörer zur Seite gelegt und weinte – zusammen mit Faizan. Alle Traurigkeit und Verzweiflung der Welt schien in diesem Moment auf den Punkt gebracht. Als könnte es nicht mehr schlimmer kommen. Minutenlang saß Johannes am Telefon, bis er irgendwann auflegte.

* * *

Drei Monate später begannen die Besuche. Ein Herr Zöllner klingelte und trat in Julias Wohnung. Zunächst schien er nur ein Mitarbeiter der Telekom zu sein. Oder so etwas Ähnliches. Er erkundigte sich nach dem Router und anderen technischen Dingen. Für einen Techniker schien er aber viel zu steifarmig und behäbig. Er trug eine Aktentasche und einen blauen Anzug, hielt seine Anwesenheit zunächst noch in einer ungewissen Schwebe. Bis er dann plötzlich seinen Dienstausweis zückte: »Frau Kaiser, ich will offen mit Ihnen sein. Ich bin von der Stadt. Ausländeramt. Sonderermittlungsdienst. Hier ist mein Ausweis. Es handelt sich um eine

Wohnungsbegehung. Wir dürfen das. Wir *müssen* es sogar.« Und er fügte hinzu, dass er sich – schon beim ersten Umschauen – ein wenig über diese Wohnung wundere. Wie in einer solch beengten Wohnung zwei Menschen überhaupt zusammenleben könnten. Er erkundigte sich nach der Quadratmeterzahl.

Julia wusste es nicht.

Herr Zöllner: »Das sollten Sie eigentlich. 30, 29 oder 28 Quadratmeter? Oder noch weniger?« Er wundere sich, wie zwei Menschen hier ernsthaft wohnen könnten.

Damit begann die Wohnungsbegehung. Er versicherte ihr, dass er dazu berechtigt sei, wolle sich mit dieser Begehung einen ersten Überblick und Eindruck verschaffen. Zunächst erkundigte er sich nach dem Kleiderschrank.

»Sind das die Kleider Ihres Mannes?«

»Ja.«

»Faizon.«

»Faizan.«

»Faizan oder Faizon?«

»Faizan! Faizan Muhammad Amir.«

»Geboren am …?«

»23. 4. 1987.«

»In?«

»Karatschi.«

»Wo ist das?«

»Im Süden Pakistans. Der ehemaligen Hauptstadt.«

»Und jetzt wohnt er also hier?«

»Ja.«

»Oder wohnt er auch noch woanders?«

»Nein, er wohnt hier.«

»Und das sind seine Kleider?«

»Ja.«

Er blickte durch die geöffnete Schranktür: »Sind das nicht ein bisschen *wenig* Kleider? Für einen erwachsenen Mann?«

Julia öffnete die andere Tür: »Sind das Kleider genug!?«

Er ging weiter ins Bad, betrachtete die Ablage über dem Waschbecken: Deoroller, Haarshampoo und ein Duschgel.

»Zahnbürste?«

»Hier.«

»Zahnputzbecher?«

»Hat er nicht.«

»Warum nicht?«

»Was soll er mit einem Zahnputzbecher?«

»Putzt er sich nicht die Zähne?«

»Dazu braucht man keinen Zahnputzbecher.«

»Vielleicht ja doch. Zahnseide?«

»Hat er nicht.«

»Rasiersachen?«

»Hier.«

»Und andere persönliche Sachen?«

Er meinte Bücher, Dokumente und sonstige Dinge, die ein Mensch bei sich hat. Er wollte das alles sehen. Zum Beispiel Schuhe. »Sind das hier seine Schuhe?«

»Ja.«

Er inspizierte sie.

»Welche Schuhgröße hat er eigentlich?«

»Das weiß ich nicht.«

»Das sollte man doch wissen.«

»So um die 42.«

Er nahm Kleidungsstücke in den Blick, beäugte, inspizierte, notierte und stellte immer weitere Fragen: ihr Vorrat an Handtüchern? Die Anzahl von Tellern und Gläsern im Küchenschrank? Der Name von Faizans Mutter? Die Farbe seiner Augen?

Er betrachtete die Küchenzeile.

»Wie haben Sie sich eigentlich kennengelernt?«

»Kennengelernt?«

»Man muss sich ja irgendwann einmal kennenlernen.«

Sie erzählte es. So gut es eben ging. Wie sie nachts aus der Disco gekommen war …

»Ja?«

Wie sie nachts aus der Disco gekommen war, ihn allein auf einer Treppenstufe sitzen sah und sich zu ihm gesetzt hatte. Für sie war das ein einzigartiger Moment gewesen, für Herrn Zöllner war es nur ein Satz …

»Zu ihm gesetzt?«

»Ja.«

»Einfach so?«

»Ja, wir haben uns unterhalten.«

»Unterhalten?«

»Ja. Irgendwann sind wir aufgestanden und nach Hause gegangen.«

»Nach Hause gegangen?«

»Ja.«

»Und waren ein Paar?«

»Ja.«

»So einfach geht das?«

»Ja, manche Dinge gehen einfach.«

»Man setzt sich auf eine Treppenstufe, unterhält sich, geht nach Hause und wird ein Paar?«

»Ja.«

»Wann war das?«

»Vor über zwei Jahren.«

»An welchem Wochentag?«

»An einem Samstag.«

»Welches Datum?«

»Ich weiß es nicht … so genau.«

»Dann sagen Sie es ungenau.«

»An einem Sommerabend im August.«

»Und seither sind Sie ein Paar?«

»Ja.«

Er machte sich Notizen. *Ein Paar.* Dann kam er auf ihr Alter zu sprechen. Beziehungsweise auf sein Alter.

»Herr Amir ist zehn Jahre jünger als Sie?«

»Ich glaube ja.«

»Sie glauben? Sie wissen es nicht. Sie glauben.«

»Ja, er ist ein paar Jahre jünger als ich.«

»Ist das nicht ungewöhnlich?«

»Was soll daran ungewöhnlich sein?«

»Ein Mann ist zehn Jahre jünger als Sie.«

»Na und.«

»Ich finde das ungewöhnlich.«

»Wo steht geschrieben, dass ein Mann *nicht* jünger sein darf.«

Nirgendwo stehe das geschrieben, so Herr Zöllner, aber man werde auf diesen Umstand ja wohl hinweisen dürfen.

»Wo ist er jetzt?«

»Bei der Arbeit.«

»Er arbeitet?«

»Ja, natürlich.«

»Und wo arbeitet er?«

»Im *Osmanischen Reich*. Das ist ein Dönerrestaurant.«

»Ist das alles?«

»Ich finde es ist schon sehr viel.«

»Finden Sie?«

»Und mein Mann findet es auch.«

»Und was verdient er dort?«

»Um die tausend Euro.«

»Im Monat?«

»Es ist nicht seine Schuld, dass er so wenig verdient.«

Herr Zöllner ging durch die Wohnung und betrachtete ihre Bücherregale.

»Sie sind Akademikerin?«

»Das ist lange her.«

»Aber Sie sind Akademikerin?«

»Ja.«

»Was haben Sie eigentlich studiert?«

»Germanistik und Philosophie.«

»Und Sie verdienen auch nicht sehr viel.«

»Nein.«

»Wo arbeiten Sie?«

»Ich arbeite als Hilfskraft in der Stadtbücherei.«

»Als Hilfskraft?«

»Ja.«

Er öffnete seine Aktentasche und holte ein Dossier hervor. *Julia Kaiser*. Ihr Name war deutlich zu sehen. »Frau Kaiser. Trotz all dem sind Sie immer noch Akademikerin. Sie sollten das nicht so abfällig abtun, so, als wäre das nichts. Und ich frage mich, wie sich ein Zusammenleben mit einem Menschen gestaltet, der in einer Dönerbude arbeitet und keine tausend Euro im Monat verdient.«

»Es gestaltet sich gut.«

»Ja?«

»Besser als mit den meisten anderen Männern.«

»Mit den meisten anderen Männern? Haben Sie denn sonst noch Männer?«

»Nein.«

»Oder doch?«

»Nein!«

»In welcher Sprache verständigen Sie sich eigentlich?«

»Auf Englisch.«

»Englisch?«

»Immer öfter aber auch auf Deutsch.«

»Ist es nicht unbefriedigend, sich nur ... rudimentär verständigen zu können?«

»Nicht unbedingt. Es hat auch Vorteile.«

»Welche?«

»Dass man nicht so viel redet.«

»Das finden Sie einen Vorteil?«

»Dass man sich nicht so leicht verletzen kann. Mit den achtlosesten Wörtern.«

»Ist das so?«

»Ja, das ist so.«

Er machte sich eine weitere Notiz.

Wenn sie geglaubt hatte, sie heirate Faizan einfach und damit kehre so etwas wie Ruhe und Frieden in ihr Leben ein, dann irrte sie, denn jetzt gingen die Fragen erst wirklich los. Mit seiner Aktentasche stand Herr Zöllner vor ihr und stellte Frage auf Frage. Er wollte alles genau wissen, obgleich er eigentlich schon alles zu wissen schien. Und Julia bekam nun eine Ahnung davon, was eine Anhörung ist und was ihren Ehemann bei einer Anhörung erwartet hätte.

Sein Blick streifte ein Poster im Eingangsbereich der Wohnung.

»Wer ist das?«

»Das ist Oscar Wilde.«

Das Poster zeigte Oscar Wilde in einem dunklen Mantel. Er saß mit aufgestütztem Kopf und hatte langes gewelltes Haar – fast mädchenhaft wirkte er auf diesem Foto. Herr Zöllner betrachtete das mit einer Ausführlichkeit, die Julia überraschte.

Ob an dem Poster etwas nicht stimme.

Nein, nein, so Herr Zöllner, das Poster sei in bester Ordnung. Er wolle nur einen Eindruck gewinnen von den Lebensverhältnissen und Vorlieben der von ihm Besuchten. Daher auch der Blick auf Bücher, Bilder und

Poster. *Wenn man verliebt ist, täuscht man anfangs immer sich selbst und später dann die anderen.* Dieser Satz stand ganz oben auf dem Poster. Es versammelte Aphorismen, Epigramme und Sentenzen von Oscar Wilde. Die meisten von ihnen drehten sich in der einen oder anderen Form um die Ehe. Erst jetzt sah sie das Ausmaß dieser Sätze. Und Herr Zöllner sah es ebenfalls: *Scheidungen werden im Himmel geschmiedet.* Oder: *Den idealen Ehemann gibt es nicht. Er bleibt ledig.* Er drehte sich um und fragte: »Was sagen Sie dazu?«

»Was soll ich dazu sagen?«

»Wenn man solche Sätze in der Wohnung aufhängt, dann kann man ja dazu etwas sagen.«

»Ich finde diese Sätze geistreich.«

»Geistreich?«

»Und realistisch.«

»Realistisch?«

»Ja.«

»Warum?«

»Weil ...«

»Ich frage mich, wie derlei Sätze mit einer Ehe zusammenpassen?«

»Es muss ja nicht immer alles zusammenpassen.«

»Nein?«

»Nein.«

Er notierte das.

Nicht zusammenpassen.

»Das sind Sätze aus Romanen und Theaterstücken.«

»Theaterstücke?«

»Ja.«

»Und da findet man solche Sätze?«

»Unter anderem.«

Und er fragte sie erneut, wie all das mit ihrem Ideal einer Ehe zusammenpasse. Ihr Problem war: Es passte nicht zusammen. Und die Ehe war für sie auch kein Ideal.

Er setzte sich und öffnete das Dossier: »Ich will es Ihnen sagen, Frau Kaiser. Herr Amir ist am 26. 3. 2014 in die Bundesrepublik Deutschland eingereist. Er hat bei der Landesaufnahmestelle einen Asylantrag gestellt. Er ist aus gesundheitlichen Gründen zu dem ersten Anhörungstermin nicht erschienen. Er ist auch zu den späteren Anhörungsterminen nicht erschienen. Sein Asylantrag wurde deshalb abgelehnt. Eine Aufenthaltsgestattung kam für unsere Behörde daher nicht infrage. Er wurde wiederholt aufgefordert, die Bundesrepublik Deutschland zu verlassen. Und in diesem Moment heiraten Sie ihn.«

»Ja.«

»Finden Sie das überzeugend?«

»Ich heirate nicht, um irgendjemanden damit zu überzeugen.«

»Sondern? Warum haben Sie ihn geheiratet? Sie tragen nicht einmal einen Ehering.«

»Nirgendwo steht geschrieben, man braucht einen Ehering.«

»Trägt Ihr Mann auch keinen Ehering?«

»Ich weiß es nicht.«

»Sie wissen es nicht! Das sollten Sie aber. Was ist das für eine Ehe, in der beide Ehepartner keinen Ehering tragen. Nach meinem Eindruck ist das eine ziemlich schwache Ehe.«

»Man kann sich auch ohne Ringe verbunden fühlen.«

»Ja?«

»Ja.«

»Frau Kaiser. Ich verstehe es immer noch nicht. Erklären Sie es mir. Warum heiraten Sie? Wenn Sie sich mit derlei Sätzen umgeben: *Scheidungen werden im Himmel geschmiedet.*«

Für Julia waren das geistreiche Sätze.

Für Herrn Zöllner dagegen war es eine Fundgrube: an Einwänden, Nachfragen und Paragraphen. Vortäuschung einer pseudoehelichen Lebensgemeinschaft zur Erlangung eines Aufenthaltstitels. Ob sie schon einmal davon gehört habe. Das sei übrigens eine Straftat. Nicht nur eine Straftat des ausländischen Ehemannes, sondern auch der deutschen Ehefrau. Dies nur ganz nebenbei. »Ich zitiere: *Mit Freiheitsstrafe bis zu drei Jahren oder mit Geldstrafe wird bestraft, wer … unrichtige oder unvollständige Angaben macht oder benutzt, um für sich oder einen anderen einen Aufenthaltstitel oder eine Duldung zu beschaffen oder das Erlöschen oder die nachträgliche Beschränkung des Aufenthaltstitels oder der Duldung abzuwenden oder eine so beschaffte Urkunde wissentlich zur Täuschung im Rechtsverkehr gebraucht.* Ist Ihnen klar, auf welches Abenteuer Sie sich eingelassen haben?«

Ja, es war ihr klar, klarer als irgendjemandem sonst.

Herr Zöllner erhob sich und ging auf und ab. Mit einer Handykamera machte er Fotos.

Julia: »Wenn Sie das nicht sehen.«

»Was sollte ich sehen?«

»Dass hier zwei Menschen zusammenleben.«

»Ich sehe es noch nicht. Jedenfalls noch nicht wirklich. Und selbst wenn doch, so frage ich mich: Warum eigentlich?«

»Wie bitte?«

»Warum haben Sie ihn geheiratet?«

»Ich habe ihn geheiratet, damit wir zusammenbleiben können.«

»Damit Sie mit ihm zusammenbleiben können?«

»Ja.«

»Ist das nicht ein eher schwacher Grund?«

Für Julia war es ein starker Grund. Der Inbegriff eines Grundes. Während es für Herrn Zöllner das exakte Gegenteil war: Ob sie ihn nicht deshalb (und nur deshalb) geheiratet habe, damit er überhaupt *hierbleiben* kann.

Julia: Das eine gehe ohne das andere nicht.

Herr Zöllner: »Erklären Sie mir das.«

Also erklärte sie es: Wenn Faizan nicht hierbleiben dürfe, dann könne sie mit ihm auch nicht zusammenbleiben. So einfach sei das.

Für Herrn Zöllner war es genau umgekehrt: Wenn *sie* nicht mit ihm zusammen wäre, dann könnte er erst gar nicht hierbleiben. Dann wäre er schon längst weg. »Ist es nicht das!? Und nur das! Der einzig mögliche Ansatzpunkt für ein Hierbleiben.« Er durchblätterte das Dossier und deutete auf weitere Papiere. »Wenn Ihr Mann glaubt, mit einer zweifelhaften Hochzeit sich hier sicher fühlen zu können, dann irrt er, da die Hochzeit, wie gesagt, äußerst fragwürdig ist.«

»Haben Sie Zweifel an den Papieren?«

»Ich habe Zweifel an der Hochzeit.«

»Ja?«

»Wie viele Menschen waren bei der Trauung zugegen?«

»Ich weiß es nicht.«

»Soll ich es Ihnen sagen?«

»Nein.«

»Genau zwei Menschen. Herr Amir und Sie. Ist das nicht ein bisschen wenig?«

»Nein.«

»Was ist mit Ihrer Familie? Mit Ihren Eltern? Mit Ihren Freunden?«

»Ich wollte niemanden damit belästigen.«

»Mit Hochzeiten belästigt man niemanden.«

»Ich empfand es immer als Belästigung.«

»Eine Belästigung?«

»Ja. Dieses ständige Gehabe um Hochzeiten.«

»Wie geht das zusammen? Sie heiraten, obgleich Sie das als Belästigung abtun?«

»Eine Belästigung für die anderen. Nicht für mich selbst.«

»Nicht für Sie selbst? Frau Kaiser. Darf ich Ihnen einmal Fotos zeigen. Fotos von Ihrer eigenen Hochzeit.« Aus dem Nichts präsentierte er ein Foto. Der Standesbeamte hatte es bei der Hochzeit gemacht und es an das Ausländeramt weitergeleitet. »Wie finden Sie, dass Sie auf diesem Foto aussehen? Sie sehen müde aus. Und verzweifelt. Als wäre das eine Beerdigung. Oder ein Opfergang. Oder ein Gang zur Schlachtbank. Und das ist es ja auch. Um dem anderen den Gefallen eben zu tun. Damit dieser Mensch hierbleiben kann. Damit endlich Ruhe ist. Wenn es keine andere Möglichkeit zum Hierbleiben gibt. Dann tut man es eben.«

Stille.

Und er fügte hinzu: »Ist es nicht traurig, sich derart verbiegen zu müssen?«

Stille.

»Ihre Eltern.«

»Was ist mit meinen Eltern?«

»Ist es nicht sonderbar …, dass Ihre Eltern zu der Trauung nicht eingeladen wurden, sie nicht einmal über die Trauung informiert wurden?«

»Lassen Sie meine Eltern!«

»Und *warum* haben Sie Ihre Eltern nicht eingeladen? Weil sie wahrscheinlich sofort gemerkt hätten, dass diese Hochzeit nicht mit rechten Dingen zugeht, dass sie alles andere als freiwillig ist, dass die Hochzeit für ihre Tochter nur ein Opfergang ist oder bestenfalls ein Gefallen, den man dem anderen eben tut, damit er endlich Ruhe gibt. Endlich Ruhe. Ist das Ihr Ideal einer Hochzeit?«

»Hören Sie auf!«

Man hörte ihre Stimme bis in die Nachbarwohnung.

»Hören Sie auf!«

Stille.

»Trinken Sie eigentlich?«

»Wie bitte?«

»Ob Sie trinken?«

»Ja. Nein.«

»Nein?«

»Ja.«

»Ja oder nein?«

»Gelegentlich.«

»Was heißt das? Gelegentlich. Einmal die Woche? Oder jeden zweiten Tag? Oder jeden Tag?« Er ging zu der winzigen Küchenzeile und zählte die Flaschen. »Ich sehe hier vier, fünf, sechs, sieben leere Flaschen. Weinflaschen und auch einige Bierflaschen. Oder ist es Ihr Mann, der trinkt?«

»Nein. Ja. Nein, ich bin es, die trinkt.«

»Sie sind es, die trinkt.«

»Gelegentlich.«

»Weil Sie unglücklich sind.«

»Vielleicht.«

»Aha.«

»Ich war auch vorher schon unglücklich.«

»Wie bitte?«

»Nichts.«

Er deutete auf die zahlreichen Dossiers in seiner Aktentasche. Das seien alles Fallbeispiele. Von Ehen. Ehe auf Ehe. Nicht irgendwelche Ehen, sondern Verzweiflungsehen. Immer nach demselben Muster. Er kenne das. Zur Genüge. Seit Jahren. Aus eigener Anschauung. Und es sei noch nicht einmal ihre, Julias, Verzweiflung, die eine solche Ehe herbeiführe, sondern die Verzweiflung eines anderen. Tag für Tag, Nacht für Nacht sitze einem diese Verzweiflung gegenüber. Von morgens bis abends. Blicke sie einen an. Eine Verzweiflung, die immer da sei und nie gehe, die immer weitermache, weiter und weiter. Er sprach wie aus einem Buch. »Die Eltern von Herrn Amir. Und die Familie. In völliger Armut. All die Hoffnungen auf den Sohn gerichtet, dass er hierbleiben kann und Geld verdient – und vor allem Geld *schickt*. Möglichst bald und regelmäßig. Und ein wenig Hoffnung. Und Genugtuung. Sie wären ja ein Unmensch, wenn Sie ihn *nicht* heiraten würden. Wenn Sie schon so lange mit ihm zusammen sind. Also heiraten Sie irgendwann. Und sei es nur deshalb, um mal ein oder zwei Nächte wieder schlafen zu können. Ist das nicht so?«

Stille.

»Sicher keine ganz leichte Ehe. Man könnte auch sagen: eine erzwungene Ehe.«

Julia, außer sich: »Sie erzwingen das doch alles!«

»Wer?«

»Sie!«

»Wie bitte?«

»Nichts.«

Er machte sich weitere Notizen. Und, als könnte er noch einmal neuen Anlauf nehmen: »Glauben Sie ernsthaft, Sie können einfach heiraten und ein Mensch wie Faizan Amir kann deshalb hierbleiben?«

»Das glaube ich nicht nur, das weiß ich.« Und sie fügte hinzu: »Ehe und Familie stehen unter dem besonderen Schutze der staatlichen Ordnung. Artikel 6, Grundgesetz.«

Herr Zöllner musste lächeln. Artikel 6, Grundgesetz. Als wäre das ohne jede Relevanz, jedenfalls für einen ernstzunehmenden Juristen.

Julia: »Sie verletzen nicht nur die Rechte meines Mannes. Sie verletzen auch meine Rechte!«

»Welche Rechte?«

»Mein Recht, mit meinem Mann zusammen zu sein. Das ist ein Grundrecht.«

»Was hier verletzt wird, das werden Sie nicht entscheiden.«

»Wer dann?«

»Das entscheidet die Bundesrepublik Deutschland.«

Er blätterte wieder in seinen Unterlagen: »Nach Paragraph 28 Absatz 1 des Aufenthaltsgesetzes besteht ein Rechtsanspruch auf den Erwerb eines Aufenthaltstitels zur Wahrung der ehelichen Lebensgemeinschaft mit der deutschen Ehegattin dann und nur dann, wenn die Regelerteilungsvoraussetzungen erfüllt sind.«

»Und? Sind sie erfüllt?«

»Wir werden sehen.«

Stille.

»Sie wollen ihn auch noch kirchlich heiraten?«

»Ja.«

»Ist das nicht ein wenig übertrieben?«

Julia: »Sie haben recht. Die standesamtliche Trauung war nicht sehr schön. Sie war irgendwie traurig.«

»Deshalb also eine kirchliche Trauung?«

»Ja.«

»Sakrament der Ehe. Schon einmal davon gehört?«

Julia: »Vielleicht ist es ein größerer Akt von Liebe und Menschlichkeit und Zusammengehörigkeit, jemanden zu heiraten, obgleich man gar nicht heiraten möchte, nur damit zwei Menschen zusammenbleiben können oder wenigstens ein Mensch an einem Ort bleiben kann oder überhaupt irgendwo bleiben kann.«

»Wer sagt das?«

»Ich sage das. Vielleicht ist das sogar noch eine akzeptable Hochzeit, keine Hochzeit aus Langeweile oder Wichtigtuerei oder Sentimentalität, sondern eine Hochzeit, um einem anderen Menschen einen Platz zu ermöglichen.«

»Wer sagt das?«

»Ich sage das. Und ein Pfarrer, den ich kenne.«

»Was Pfarrer nicht alles sagen.«

»Sie sagen Dinge, die in Ihrem Amt wahrscheinlich zu Tumulten führen würden.«

»Ja?«

»Ja!«

Stille.

»Warum glauben Sie uns nicht einfach?«

»Wie bitte?«

»Warum Sie uns nicht glauben?«

»Warum sollte ich Ihnen glauben?«

»Dass hier zwei Menschen sind, die einfach nur zusammen sein und hier leben möchten.«

»Leben?«

»Jawohl, leben.«

»Man kann auch in Pakistan leben.«

»Woher wollen Sie das wissen. Waren Sie jemals dort?«

»200 Millionen Menschen leben dort. Man kann also durchaus in diesem Land leben.«

Stille.

»Warum glauben Sie uns nicht?«

»Weil es begründete Zweifel gibt.«

»Welche?«

»Zweifel an den Wohnverhältnissen, Zweifel an einigen Ihrer Aussagen, Zweifel an Ihren Beweggründen, Zweifel an dem gesamten Vorgang.« Er begann seine Aktentasche zu packen. »Ich werde jetzt einen ersten Bericht verfassen. Wie gesagt: Seien Sie sich nicht zu sicher. Wir werden das im Auge behalten. Unsere Möglichkeiten sind noch nicht am Ende. Im Gegenteil. Unsere Möglichkeiten sind noch ganz am Anfang. Sie werden von uns hören.« Dann ging er.

* * *

WENN SIE FREUNDEN ODER Kollegen von diesen Hausbesuchen berichtete, dann reagierten sie ungläubig oder befremdet. So schlimm könne es ja gar nicht sein. Man hielt das für eine pessimistische Übertreibung oder eine Ausgeburt ihrer Phantasie. Sie mache alles immer ein wenig schlimmer, als es tatsächlich sei. Dabei war es umgekehrt. Es war in Wahrheit viel schlimmer, als sie es überhaupt ausdrücken konnte.

Wie viele Handtücher? Wie viele Gläser und Teller? Die Toilette? Der Zustand der Fenster? All das erinnerte Julia an ihre Mutter. Kaum war sie verheiratet gewesen, da war auch *sie* aufgesucht worden, wenn schon nicht durch Herrn Zöllner, so doch von der Schwiegermutter. Mehrere Male in der Woche war sie gekommen, mit einem Ausdruck von Ungläubigkeit und Fassungslosigkeit. Wie man in einer solchen Wohnung nur wohnen könne. Wie man es dort aushalten könne. Damit begannen die Besuche. Es handelte sich um Empörungsvisiten, kopfschüttelnde Rundgänge durch die beengten Räume einer unbegreiflichen Ehe. Das also war der Ort! Alles und jedes fügte sich in dieses desolate Bild, selbst eine verlegte Nagelschere. Ob nicht einmal diese Nagelschere richtig liegen könne. Und die Schwiegermutter ging davon, um am nächsten Tag wiederzukehren, mit neuem Elan, auf der Suche nach weiteren Fehlern. Als wäre diese Ehe von Anfang an und in jeder Hinsicht ein immer wieder neu zu bestaunendes Unding gewesen. Dem galten ihre Besuche. Einem Unding. Wie oft hatte Julias Mutter davon berichtet. Und wie oft musste Julia gerade jetzt wieder an ihre Mutter denken.

Sie hängte das Oscar-Wilde-Poster im Eingangsbereich ihrer Wohnung ab. *Scheidungen werden im Himmel geschmiedet*. Bei diesem Satz musste sie immer noch lachen. Selbst jetzt noch. Sie sah es bildlich vor sich, einen himmlischen Reigen mit zahlreichen sich beratschlagenden und überschlagenden Figuren, die in einem heiligen

Ernst händereibend Scheidungen stiften. Von morgens bis abends.

* * *

Warum sie ein solches Poster überhaupt aufgehängt hatte? Fragte ihr Anwalt. Fast schien er darüber noch mehr verwundert als Herr Zöllner. Sie hatte das Poster gar nicht aufgehängt – es hing dort schon seit Jahren. Dass das keinen guten Eindruck mache, so der Anwalt, gerade dann, wenn sich bei einer Wohnungsbegehung eigentlich erweise oder erweisen solle, dass hier zwei Menschen tatsächlich zusammenleben. Er nannte das einen Bärendienst, den sie sich und ihrem Mann damit erwiesen habe.

Einen Bärendienst.

Dass man mit derlei Hausbesuchen jederzeit rechnen müsse. So der Anwalt. Und sei es nur deshalb, weil die Behörde sich vergewissern wolle, ob ein einmal besichtigter Hausstand tatsächlich von Dauer oder nur eine vorübergehende Inszenierung sei.

Scheidungen werden im Himmel geschmiedet. Sie dachte nicht nur an das Poster an der Eingangstür, sondern an all ihre Posts zu dem Thema Ehe und Liebe, die sie in den letzten Jahren bei Facebook und anderswo achtlos hinterlassen hatte, eine sich immer weiter hinziehende Spur an Sätzen, aus ihrem Leben oder aus den Werken der Literatur, von Oscar Wilde bis zu Kierkegaard. Es war ein Lebensthema. Heiratet nicht! Oder nur dann, wenn es nicht anders geht. Wenn es um Leben und Tod geht. Nur dann.

Ihr Anwalt riet ihr, diese Posts besser zu löschen.

Ob sie auch ihre Magisterarbeit löschen solle.

Warum?

Weil auch dort einige kritische Sätze zur Ehe enthalten seien.

Der Anwalt verneinte.

Nachts träumte sie von immer weiteren Wortwechseln mit dem Anwalt und Herrn Zöllner. Er kam nun jeden Tag zu ihr. Sie sah ihn mit einem Zollstock die Wohnung vermessen. »Wie viele Quadratmeter? 30, 29 oder 28 Quadratmeter? Oder noch weniger?« Jedes Mal wurden es einige Meter weniger. Er ging auf und ab, durchsuchte Schränke, kroch unter ihr Bett, inspizierte Taschentücher und Zahnbürsten, entdeckte immer neue Ungereimtheiten. Manchmal stand er kopfschüttelnd – vor einem Bild oder über einem Buch. »Heijeijei.« Als fühlte er sich persönlich beleidigt, ob nun von einem Autor, einem Buch oder von der Wohnung als Ganzem. »Heijeijei.« Er machte sich Notizen und er machte Fotos, packte seine Aktentasche und ging.

* * *

FAIZAN ERZÄHLTE SIE VON all dem nichts. Seit ihrer Hochzeit war er ausgeglichener und ruhiger geworden. Er konnte nachts wieder schlafen. Bei der Arbeit war er hinreißender denn je. Mittags und abends arbeitete er im *Osmanischen Reich*, vormittags in einer Postagentur. Dort nahm er Briefe entgegen, händigte Pakete aus und kontrollierte Personalausweise. Nicht mehr er wurde überprüft, er selbst war es nun, der überprüfte. Er bemerkte diesen Rollentausch kaum. Es war ihm weder peinlich noch eine Genugtuung. Alles verwandelte sich mit seiner Anwesenheit in eine friedliche Gelassenheit: Der Personalausweis, den eine Kundin nicht finden konnte – er wurde gefunden. Das Geld, das ein Kunde nicht dabeihatte – er legte es für ihn aus. Probleme lösten sich in Wohlgefallen auf. Julias Bruder, der seinen Schwager einige Male in der Agentur getroffen hatte, er konnte seine Schwester nun besser verstehen. Er erlebte seine Bewegungen, seine Blicke, sein Lächeln – und seine Ruhe.

Als wäre er hier angekommen. So wirkte das. Doch in manchen Momenten fing er unvermittelt an zu weinen.

»Warum weinst du?«

»Ich weine nicht.«

»Natürlich weinst du.«

Er weinte.

»Warum?«

»Ich weiß es nicht.«

»Das musst du doch wissen.«

»Nein.«

Er weinte, weil ihn jemand auf der Straße angelächelt hatte oder einfach nur freundlich zu ihm gewesen war, aus dem Nichts, ohne einen nachvollziehbaren Grund –

nachdem auf seinem langen Weg von Pakistan nach Deutschland nur selten irgendjemand freundlich zu ihm gewesen war. So gut wie nie.

Er kaufte eine Bahnkarte, reiste damit durch Deutschland und besuchte Freunde. Er lernte die Welt neu kennen. Für ihn war dieses Land wie ein anderer Planet, den er nun endlich erkunden wollte. Nie hatte er derartige Landschaften gesehen. Von dem Grün der Wälder war er immer wieder aufs Neue begeistert. Sie waren wie ein endloses grünes Meer. In langen Spaziergängen atmete er ihre Kühle, gelangte in immer abgelegenere Täler. Alles wurde dabei stiller, unberührter und reiner – die Bäume standen regengekühlt. Als würde er bis zum Grund eines Ozeans tauchen. So fühlte er sich in der Stille dieser Wälder.

Er hatte Pläne, ein eigenes Restaurant aufzumachen, viel ansprechender und geräumiger als das *Osmanische Reich*. An manchen Tagen trug er eine Art Anzug. Damit ging er zu *Western Union* und schickte seiner Familie Geld. Sie kaufte davon eine Kuh, um über den Winter zu kommen. Kein Auto, keinen Fernseher, sondern eine Kuh. Wenn Julia dieses Detail erzählte, dann schien man sie plötzlich zu verstehen.

* * *

GLEICH NACH DER HOCHZEIT hatte eine Freundin sie gefragt: Ob es nicht traurig sei, zu heiraten und die Hochzeit dann gar nicht zu feiern. Julias Antwort: Dass man feiern werde, wenn Faizan endgültig hierbleiben dürfe. Sie planten ein tagelanges Fest.

Dabei war sein Hiersein fraglicher denn je. Trotz Ehe, trotz Hochzeit. Trotz Anzügen, Bahnreisen und Geldüberweisungen. Noch nicht einmal eine kirchliche Hochzeit würde irgendetwas an seinem Aufenthaltsstatus ändern. Im Gegenteil, so der neue Anwalt, den man ihr empfohlen hatte, nachdem der alte sein Mandat niedergelegt hatte. Aus Altersgründen, wie er sagte. Vielleicht aber auch, weil er die Lust an dem Fall endgültig verloren hatte. Also war Julia zu einem anderen Anwalt gewechselt. Auf seinen Türschildern standen ermutigende Wörter wie: Fachanwalt für … Alle möglichen Formen von Recht … Und ein Doktortitel …

Bei ihrem ersten Treffen hatte er noch verhalten optimistisch geklungen. Er kenne Herrn Zöllner. Er habe einen Draht zum Ausländeramt etc. etc. Von einer kirchlichen Hochzeit riet er jedoch ab: Man könnte damit schlafende Hunde wecken. Man könnte das Ausländeramt zu neuen Maßnahmen oder Hausbesuchen reizen.

Ob sie das wolle.

Nein.

Er sichtete die mitgebrachten Akten, sortierte die wichtigsten Briefe, machte sich mit einem roten Stift Notizen, bot ihr sogar eine Tasse Tee an, erklärte ihr den Unterschied zwischen einer Aufenthaltsduldung, einer Aufenthaltsgestattung und einem Aufenthaltstitel. Das seien sehr unterschiedliche Dinge, separate Daseinsstufen. Ein Aufenthaltstitel sei in dieser Stufenfolge bereits ein beträchtlicher Status, fast schon so etwas wie ein Meister- oder Doktortitel, der Inbegriff aller Sehnsüchte und Träume. Ein solcher Titel bedeute: Ein Mensch darf nicht nur hier sein. Er darf sogar bleiben. Er kann aufatmen, durchatmen, sich frei bewegen. Was will man mehr.

Faizan war weit davon entfernt. Er besaß gerade mal eine Duldung, die unterste Stufe eines vorläufigen Da- oder Hierseins. Es war kaum mehr als das. Trotz Heirat. Vorübergehend geduldet. Er selbst musste diese Duldung immer wieder verlängern, noch am Tag ihres Erlöschens. Alle drei Monate erlosch sie. Sie lief aus und er musste verlängern, und das genau am Tag ihres Erlöschens – keinen Tag davor und keinen danach. Es wäre dies ansonsten das Ende seines Aufenthalts und seiner Arbeit gewesen – sowie all dessen, was er bislang erreicht hatte. Stundenlang musste er in endlosen Schlangen stehen, vor entnervten Sachbearbeitern, die ihn hinhielten, zurechtwiesen oder maßregelten, mit einem Gesichtsausdruck, der ihm zu bedeuten schien: *Ist er denn immer noch da.* Bis sie ihm – gleich einem allerletzten Gnadenakt – dann doch noch eine weitere Duldung ausstellten.

Der neue Anwalt bedauerte, keine andere Einschätzung der Lage bieten zu können. Eine Duldung sei kaum mehr als eine *vorübergehende Aufschiebung der Abschiebung.* Mehr sei es nicht. Er erklärte: Ein Ausländer, der mit einer Deutschen verheiratet sei, bekomme nur dann eine Aufenthaltsgenehmigung, wenn er bereits einen Aufenthaltstitel erhalten habe. Gesetzt den Fall, er wäre schon lange hier, etwa aufgrund eines Visums oder einer nachhaltigen beruflichen Tätigkeit, dann würde eine Eheschließung diesen Status abrunden oder verstetigen.

Abrunden oder verstetigen?

Ja.

Julia fragte, was denn eine *nachhaltige* berufliche Tätigkeit sei.

Eine den Erfordernissen des Arbeitsmarktes entsprechende Arbeit. So der Anwalt.

Julia: Wenn er also Physiker oder Informatiker wäre, dann dürfte er bleiben?

Der Anwalt: Wahrscheinlich ja.

Julia: Oder wenn er ein Fußballspieler wäre?

Jedenfalls dann, wenn es sich um einen unverzichtbaren Spieler handle. So ihr Anwalt.

Wann denn ein Fußballer unverzichtbar sei?

Der Anwalt: Wenn ein Verein um die Meisterschaft oder wenigstens gegen den Abstieg spiele und ein Spieler in diesem Zusammenhang unersetzbar sei.

Unersetzbar?

Jawohl, unersetzbar.

Und wenn er nur ein Cricketspieler wäre, dann dürfte er nicht hierbleiben?

Wahrscheinlich nicht. Es sei denn Cricket wäre ein Volks- oder Nationalsport. Oder wenigstens ein Breitensport.

Julia: Wenn also ein Ausländer, der mit einer Deutschen verheiratet sei, nur dann eine Aufenthaltsgenehmigung bekomme, wenn er bereits vorher einen Aufenthaltstitel erhalten habe, dann hätte sie ihn ja gar nicht heiraten müssen.

Der Anwalt: jedenfalls nicht unbedingt.

Sie schwieg.

Nicht unbedingt.

Schließlich fragte sie ihn: Warum ihr früherer Anwalt ihr dann zu der Ehe überhaupt geraten hatte?

Der neue Anwalt wollte sich dazu nicht äußern. Er hielt sich bedeckt, sortierte seine Unterlagen. Um irgendetwas zu sagen, erklärte er ihr: hier das Interesse des Ausländers an einem deutschen Aufenthaltstitel. Demgegenüber stehe das Ausweisungsinteresse der Bundesrepublik Deutschland. Entweder das Bleibeinteresse überwiege das Ausweisungsinteresse. Oder das Ausweisungsinteresse das Bleibeinteresse. So einfach sei das.

Für Julia war es nicht einfach. Die Wörter verloren jeden Sinn. Sie fragte ihn, was er unter öffentlichem Interesse verstehe. Wenn doch immerzu die Rede von Interesse sei: Bleibeinteresse des Ausländers versus öffentliches Interesse. Was sei das für ein öffentliches Interesse? Bruttosozialprodukt, Wirtschaftswachstum, Wohlstand, Geldstabilität, Vollbeschäftigung, der Gewinn der Fußballweltmeisterschaft?

Er wusste es nicht.

Oder er wollte dazu nichts sagen.

Es gehe nun darum, so der Anwalt, die Ausländerbehörde davon zu überzeugen, dass die Ehe tatsächlich bestehe. Oder zumindest nicht einen gegenteiligen Eindruck zu erwecken. Nur darum gehe es. Er riet dazu, den Bericht der Behörde erst einmal abzuwarten. Damit geleitete er sie nach draußen.

* * *

ALS SIE IHN DAS nächste Mal in seiner Kanzlei aufsuchte, da berichtete er, dass in das Verfahren nun Bewegung gekommen sei.

»Bewegung?«

»Jawohl, Bewegung.«

Beinahe könne man sogar von guten Nachrichten sprechen. Herr Zöllner habe in der Zwischenzeit seinen Bericht verfasst. Der Bericht sei nicht unbedingt negativ. Im Gegenteil. Er stelle die Ehe zwischen Julia und Faizan eigentlich gar nicht mehr ernsthaft infrage. Trotz einiger Ungereimtheiten, die er, der Anwalt, in einem persönlichen Telefonat mit der Behörde hatte entkräften können.

»Entkräften können?«

»Jawohl.«

Das sei die gute Nachricht. Er präsentierte sie wie eine Siegesmeldung. Andererseits wünsche die Ausländerbehörde nun ein Einvernehmen darüber herzustellen, dass das Verfahren – gerade *aufgrund* dieser Ehe – jetzt in eine andere Spur gesetzt werde. Er nannte es Spurwechsel, berichtete von einem Schreiben der Behörde, in welchem folgender Vorschlag unterbreitet worden war: Faizan Muhammad Amir möge die Bundesrepublik Deutschland innerhalb von dreißig Tagen freiwillig verlassen. Er solle bereits von hier aus einen Termin bei der Deutschen Botschaft in Pakistan zur Erteilung eines Visums beantragen. Die Ausländerbehörde werde diesem Antrag aufgeschlossen bis wohlwollend gegenüberstehen, zumindest aber nicht ablehnend. Es gehe darum, so die Behörde, eine verfahrene Situation wieder in geordnete Bahnen zu bringen, in eine juristisch haltbare Abfolge: ohne Visum keine Gestattung, ohne Gestattung kein Titel, ohne Titel keine Erlaubnis … In einer anderen Abfolge gehe es nun einmal nicht.

Julia saß schweigend. *Spurwechsel.* Alles Bisherige schien damit falsch: eine Sackgasse, ein Irrweg. Sie durchdachte die Implikationen. Faizan solle das Land verlassen, um ein Verfahren, das kein Mensch mehr verstand, in geordnete Bahnen zu bringen. Ein Flug um die Welt für eine geordnete Bahn. Als wäre das kaum mehr, als die Fahrspur einer Autobahn zu wechseln. Mit keinem Argument würde sie Faizan das erklären können. Von hier zu gehen, um hierbleiben zu können. Von hier weg und dann wieder zurück. Er würde diesen Irrsinn nicht verstehen.

Der Anwalt bedauerte, ihr keine andere Mitteilung machen zu können.

Julia wunderte sich: In dem Moment, da die Behörde keine Zweifel mehr an ihrer Ehe anmeldete, da war sie auch schon gar nicht mehr relevant. Nur noch ein Nebengleis. Nicht mehr von irgendeiner Tragweite. Eine Frage von Gleisen und Spurwechseln. Warum war Herr Zöllner dann überhaupt in ihre Wohnung gekommen?

Der Anwalt wusste es nicht. Vielleicht wollte er es auch gar nicht so genau wissen. Später sagte er so etwas Ähnliches wie: Die Behörde wolle mit den Hausbesuchen womöglich ein Zeichen setzen. Ein Zeichen der Abschreckung. Um eine erste Verteidigungslinie zu ziehen. Gefolgt von immer weiteren Linien. Ein Spalier an Warnhinweisen und Sperranlagen. Versuchen Sie es nicht einmal. Das sei die Botschaft.

* * *

FAIZAN SASS IN EINER Ecke. Seine Unruhe steigerte sich. Sie war weithin sichtbar. Immer wieder stand er auf und überprüfte den Sicherungskasten an der Wohnungstür und die Herdplatten. Sein Zustand erreichte wieder die alte Panik. Die Bundesrepublik in dreißig Tagen zu verlassen. Das klang wie eine Todesdrohung. Ein Fall ins Bodenlose. Nach Jahren der Flucht, des Hierseins und der ständigen Bemühungen – all das aufzugeben und wieder an den Anfang zu gehen. Zurück auf Los.

Die Frage: Wie er das seiner Familie beibringen solle. Dass er plötzlich wieder zurückkomme. Aus dem Nichts. Ohne einen nachvollziehbaren Grund. Der Familie zu erklären, er müsse erst einmal nach Pakistan zurück, um in Deutschland dauerhaft bleiben zu dürfen. Wer würde das verstehen? Wer würde ihm das glauben? Nicht einmal er selbst glaubte es.

Sie telefonierte noch einmal mit dem Anwalt: Wenn ihr Mann einen solchen Schritt tatsächlich wagen und nach Pakistan zurückkehren würde, wann genau die Deutsche Botschaft ihm dann einen Termin für die Visumserteilung gewähren würde? In drei Monaten? In zehn Monaten? In zwei Jahren?

Der Anwalt wusste es nicht. Er wollte sich mit Prognosen nicht zu weit aus dem Fenster lehnen.

»Nicht zu weit aus dem Fenster lehnen?«

»Jawohl.«

Für Faizan war das nichts anderes als eine Falle. Er steigt in ein Flugzeug, bekommt mit seiner Ausreise einen Stempel in den Pass und kommt nie mehr wieder. Schon wenn er nur in die Nähe einer deutschen Grenze käme, dann würde man ihm mitteilen: Sehen Sie diesen Stempel. Wissen Sie nicht, was dieser Stempel bedeutet? Sie kommen hier nicht mehr herein. Das bedeutet dieser Stempel. Es ist aus und vorbei. Sie haben Ihre Chance gehabt. Wie konnten Sie nur so dumm sein.

Der Anwalt wirkte ausweichend. Der Vorschlag sei ein Vorwärts und ein gleichzeitiges Zurück, ein Gehen Müssen, um irgendwann einmal bleiben zu können. Doch besser so als umgekehrt. Nur so viel konnte er sagen: Faizan sei in Pakistan nicht irgendjemand. Er sei immerhin mit einer Deutschen verheiratet. Wie eine Trumpfkarte kam ihm das in den Sinn.

* * *

Sie war eine Trumpfkarte. Nachts sah sie sich in all diesen Wortwechseln gespiegelt. Ihre Füße waren kalt.

Auf dem Tisch lag ein Schreiben des Regierungspräsidiums, in welchem Faizan mit den freundlichsten Worten aufgefordert wurde, Deutschland zu verlassen. Es waren Aufforderungs- und Aufmunterungssätze. In einer noch nie gehörten Freundlichkeit. Er möge bitte in die Ausländerbehörde kommen, um demnächst seine Rückreise vorzubereiten. Als könnte er es kaum erwarten und hätte bereits gepackt. Und als würde man dies mit zahlreichen Belobigungen nun flankieren. Gut, sehr gut. Wie einen störrischen Esel, den man in eine bestimmte Richtung bewegen möchte. Man stellte sogar Möglichkeiten der finanziellen Förderung in Aussicht, sofern diese Reise zeitig und zügig erfolge. Ein neuer aufgeschlossener Ton. Er werde eine Grenzübertrittsbescheinigung erhalten. Als wäre das eine Auszeichnung oder ein Orden. Er werde erhalten, er werde bekommen, er werde … So klang das. Als würde man ihn auf Worten tragen.

Warum er dieses Angebot nicht einfach annehme, fragte eine Freundin. Dann wäre doch alles gut. Im Einklang mit dem Gesetz. Und im Einklang mit den Behörden. Im Einklang mit der Welt.

Julia antwortete: Ob sie wisse, wie weit es von seinem Dorf in Pakistan nach Deutschland sei.

Sie wusste es nicht.

Warum sollte sie das wissen.

»Über fünftausend Kilometer. Er ist das nicht geflogen. So wie wir vielleicht nach Mallorca oder Teneriffa fliegen. Er ist den Weg gelaufen oder mit dem Fahrrad gefahren oder per Anhalter. Über ein Jahr hat das gedauert. Um überhaupt hierherzukommen. Er hat allein schon damit mehr auf sich genommen, als wir beide in unserem Leben je auf uns nehmen werden. Er bleibt also hier. Schon aufgrund dieser Strecke. Man läuft das nicht, um sich dann in ein Flugzeug zu setzen und wieder nach Hause fliegen zu lassen, mit einem Vermerk im Pass: Komme nie mehr wieder. Wage es nie mehr wieder.«

Er bleibe. So Julia. Und das nicht, weil *sie* das so sage, sondern weil Faizan selbst es sage. »Er sagt es nicht nur. Er lebt dies jeden Tag aufs Neue. Was immer andere dagegen tun wollen. Er bleibt. Er will von diesem Staat kein Geld, keine Unterstützung, keine Wohnung, keine Ausbildung, kein gar nichts … – er will einfach nur das, was wir beide von Geburt aus sind: hier sein.«

* * *

Er blieb. Als wäre nichts geschehen. So lagen sie nachts beieinander. Wie ein Ehepaar. So stand er morgens auf und ging zur Arbeit. Wie ein Ehemann. Er servierte ungebeugt weiter. Er verlängerte seine Bahncard, feilte an seinen Plänen, wie er sein eigenes Restaurant aufmachen könnte, schöner, geräumiger und gastlicher als das *Osmanische Reich*. Während Julia sich in der Stadtbücherei immer weniger auf ihre Arbeit konzentrieren konnte. Sie verwechselte Regale und Bücher, ließ immer öfter Bücher fallen. In einem Roman las sie den Satz: *Ein Autor ist zuvorderst ein Mensch, der in seinen Büchern gegen-*

wärtig ist. Warum man dann nicht auch Bücher ausweist. Mit Grenzübertrittsbescheinigungen.

Sie bekam einen Anruf von der Bank: Ein Mitarbeiter der Bank, ein Bekannter ihres Vaters, erkundigte sich in gewundenen Worten nach den Gründen für ihren katastrophalen Kontostand. Sie wusste nichts von einem Kontostand. Sie hatte diesen schon seit Monaten nicht mehr abgerufen. Es wäre ein Grauen gewesen. Sie hatte die Bank weiträumig gemieden. Der Mitarbeiter erkundigte sich nach den ständigen Abbuchungen. Ob sie in Schwierigkeiten stecke. Oder unter Druck gesetzt werde. Womöglich dachte er an eine Art Nötigung oder Erpressung, dass sie womöglich nicht mehr wirklich frei über sich und ihr Geld verfügen könne. Sie wies das zurück, um dann einzuräumen: Ja, sie stehe unter Druck. Ja, sie werde genötigt, in einer ständigen Bemühung, in einem sich endlos hinziehenden Verfahren, einem einzigen Menschen in diesem Land auch nur einen Platz zu ermöglichen. Es sei ein Fulltime-Job, ein Ausbluten, eine Pipeline von ihrem Konto weg in ein ständiges Überall und Nirgendwo. Sie sprach von den Anwaltskosten und den anderen Kosten. Ein Anwalt, ein zweiter Anwalt, ein dritter Anwalt. Ein erstes Verfahren, ein zweites Verfahren. Hier ein Jahr, dort ein Jahr und noch einmal ein Jahr … Sie konnte kaum mehr aufhören.

Wenn sie Hilfe brauche, so der Mitarbeiter, dann könne sie sich jederzeit an ihn wenden. Auf eine entfernte Weise fühlte er sich ihr verbunden, nicht nur wegen ihres Vaters, den er gut kannte, sondern auch wegen ihr selbst. Er mochte sie. Schon als Schülerin und Studentin hatte er sie gemocht. Später am Abend sprach er mit seiner Frau darüber. Er sagte etwas Ähnliches wie: Da sei ein Land wie Deutschland, das sich mit allen Mitteln nach außen abschotte, an erster Stelle mit Paragraphenwällen und juristischen Selbstschussanlagen. Und da sei ein Mensch, der von weit her hierherkomme und der unter allen Umständen in dieses Land hineinkommen wolle, um das zu erlangen, was andere von Anbeginn schon haben: ein Aufenthaltsrecht. Eigentlich habe er keine Chance, bis auf eine einzige Lücke in diesem Abwehrsystem, und diese Lücke heiße Julia Kaiser. Und er werde nicht mehr von ihr ablassen, bis er endlich hierbleiben dürfe.

Als er das nächste Mal mit ihr telefonierte, da fragte er sie, ob sie (bei aller Zuneigung und Liebe) vielleicht nur benutzt werde. Wenn Herr Amir erst einmal hierbleiben dürfe, vielleicht interessiere er sich dann nicht mehr für sie. Dann stecke er den Aufenthaltstitel in die Tasche und gehe womöglich.

Julias Antwort: »Gut möglich.«

»Und das macht Ihnen nichts aus? Dass Sie vielleicht nur benutzt werden? Jahrelang? Mit Haut und Haaren?«

Julia: Das sei überall möglich.

»Wie bitte?«

Dass Männer Frauen benutzen oder Frauen Männer. In jeder Ehe sei das möglich. »Soll man deswegen Ehen komplett einstellen?«

Darauf fiel ihm nichts mehr ein.

* * *

Wir sind … Wie oft hörte Julia diese beiden Wörter, zum Beispiel dann, wenn Nachbarn sie auf Faizan ansprachen. Wer er sei? Woher er komme? Wie lange er zu bleiben gedenke? Oder wenn diese Nachbarn über ausländische Menschen im Allgemeinen sprachen – ganz allgemein oder ganz unter uns. Je nachdem. Früher oder später hörte Julia dann diese beiden Wörter: Wir sind.

Sie sah im Fernsehen die immer größer werdenden Menschenansammlungen, wenn die Bundeskanzlerin oder der Bundespräsident irgendeine ausgewählte Stadt besuchten, um die Bewohner zu beschwichtigen. Die Menschen warteten dann dort mit einer jahrelangen, auf diesen Augenblick abgerichteten Wut. *Wir sind.* Als wäre der Moment der Abrechnung nun gekommen.

Und Julia versuchte das in ihre eigene Sprache zu übersetzen. Was diese beiden Wörter eigentlich bedeuten? *Wir sind.* Wir sind die, die die anderen *nicht* sind – nicht sind, nicht sein dürfen und nie sein werden. Sonst sind wir selbst nicht mehr, wenn es andere ebenfalls sind oder ebenfalls werden. *Wir sind* – eigentlich sind wir nichts. Ein Leben lang bekamen wir es zu hören. Oder zu spüren: Wir sind nicht. Wir sind nichts. Was wir auch sagen oder tun: immer noch weniger zu sein als dieses immerwährende Nichts. Doch das nehmen wir nicht mehr länger hin. Wir bestehen darauf, mit aller Macht, dass wir sind, wenn schon nicht jeder für sich allein, so doch wenigstens alle zusammen.

So oder so ähnlich übersetzte sie das: für sich selbst und für Faizan, der Menschenansammlungen (und sei es auch nur im Fernsehen) nicht sehen wollte. Sie verhießen nichts Gutes. Er schaute weg. Ging ans Fenster – kehrte erst dann wieder zum Fernseher zurück, wenn andere Dinge gezeigt wurden: Wiesen und mittelalterliche Schlösser und ausgedehnte Wälder. In diesen Bildern fühlte er sich zu Hause. Bis dann plötzlich wieder Menschenansammlungen oder brennende Asylunterkünfte zu sehen waren, noch bevor Julia es schaffte, den Fernseher auszuschalten. Sofort überprüfte er den Sicherungskasten für die Herdplatten, so, als könnte er selbst etwas mit diesen Bränden zu tun haben, wenn nicht direkt, so doch indirekt und ganz allgemein. Durch eigene Nachlässigkeit oder Vergesslichkeit. Oder durch seine bloße Anwesenheit. Worüber sich Julia empörte: Ob er nicht Ursache und Wirkung verwechsle. Nicht seine Herdplatten verursachten diese Brände, am allerwenigsten seine zigfach ausgeschalteten und immer wieder inspizierten Herdplatten, sondern Menschen, die wahrscheinlich selbst wie Herdplatten durch die Welt schreiten.

Faizan versprach ihr, drei Tage lang den Sicherungskasten nicht mehr zu öffnen.

Sie glaubte nicht, dass er das schaffen werde.

Er versprach es ihr trotzdem.

»Wirklich?«

»Ja.«

Während das Fernsehen in einer Sondersendung von 69 Abschiebungen berichtete, die sich ein Minister zu seinem 69. Geburtstag schenken ließ. Der Minister wirkte leutselig. Und diesen Abschiebungen folgten in schneller Folge weitere Abschiebungen. Sie wurden wie neu gebaute Fahrradwege präsentiert. Oder wie Kindergartenplätze. Seht her. Es geht voran. Die Bilder des Fernsehens sollten beruhigen. Auf Julia wirkten sie wie Warnungen. Fühlt euch nicht zu sicher.

Faizan schaute nicht hin. Er wirkte ausgemergelt. In den letzten Monaten war er immer dünner geworden. Julia hielt das für Erschöpfung: die ständige Ungewissheit, das jahrelang sich hinziehende Verfahren, ohne irgendein Ende absehen zu können. Vielleicht wirkte er auf sie auch deshalb so erschöpft, weil sie selbst es war. Am Ende ihrer Kraft. Um Jahre gealtert. Am Ende ihrer Möglichkeiten. Sie rauchte viel zu viel. Und sie trank mehr, als ihr guttat. Doch als sie Faizan sah, da erschrak sie.

Was mit ihm sei?

Nichts.

Warum er so wenig esse?

Dass er immer dünner werde.

Als ob er sich nach und nach auflöse.

Er antwortete: Es gehe ihm gut. Er sei nur ein wenig matt und müde. Er werde sich nicht unterkriegen lassen. Er zeichnete immer noch Pläne für sein eigenes Restaurant, das er *Frischer Wind* taufen wollte. Wie ihr der Name gefalle?

»Gut.«

»Wirklich?«

»Ja.«

Und ihr fiel auf, wie gut sein Deutsch mittlerweile geworden war. Im Hintergrund lief der stummgeschaltete Fernseher. Politiker, Minister, Politiker. Faizan wollte wissen, wann der Minister das nächste Mal Geburtstag habe.

»Welcher Minister?«

Der mit dem 69. Geburtstag und den 69 Abschiebungen. Sie antwortete: Dieser Minister sei nicht ernst zu nehmen, wohl wissend, dass man ihn durchaus ernst nehmen musste. *Bis zur letzten Patrone.* Das waren seine Worte gewesen. Bis zur letzten Patrone werde man das Land verteidigen, und an erster Stelle gegen Menschen wie Faizan.

Selbst nachts träumte sie noch von diesem Minister mit seinen 69 Abschiebungen. Er saß auf einer Art Jägersitz vor 69 erlegten Tieren. Es ertönten in hektischen Fanfaren zahllose Jagdhörner, die weitere Treibjagden ankündigten. Wie zum Beweis unermüdlicher Bereitschaft. Julia wollte dem Minister erklären: Wer andere immerzu ausschließe, der schließe sich selbst immer mehr ein. In ein immer größer werdendes Gefängnis. Ob er das nicht verstehe. Er verstand es nicht. Er hörte nicht einmal zu. Also unterbreitete sie ihm einen Vorschlag, den sie ihm schon die ganze Zeit hatte unterbreiten wollen: Ob man nicht *sie* ausweisen könnte (eine gescheiterte Germanistin) und an ihrer Stelle Faizan dann hierbleiben dürfe, ein Mensch, der viel jünger und zuversichtlicher sei als sie und der tatsächlich in diesem Land etwas bewirken würde. Sie geht und er bleibt. Vielleicht könnte das die

Menschen auf der Straße beschwichtigen. Man könnte das mit zusätzlichen Fanfaren kundtun. Auf allen Fernsehkanälen. Sie geht und er bleibt. Eine Art Quid-pro-quo-Regelung. Der Minister verneinte und lachte über ihr Latein.

Am nächsten Morgen ging sie einkaufen. Sie kaufte Linzer Torten und andere kalorienreiche Speisen. Jeden Tag tat sie das nun. Bis sie einen Arzt rief, der Faizan unverzüglich ins Krankenhaus einwies. Ein schwerer Fall von Überzuckerung. Eine Hyperglykämie. In der Notaufnahme war er kaum noch bei Bewusstsein. 69 Abschiebungen zum 69. Geburtstag. Er verbiss sich in diese beiden Zahlen. Sogar noch auf der Intensivstation: Geburtstage und Abschiebungen. Und mit jedem neuen Lebensjahr eine Abschiebung mehr.

Zwei Wochen lag er im Krankenhaus. Dort wurde er nach und nach auf das Leben eines Diabetikers vorbereitet. Ein Arzt erklärte ihr, wie ernst das alles gewesen sei. Geradezu lebensbedrohlich. Während Faizan ihr verdeutlichte, dass ein Diabetes ihn nicht davon abbringen werde, sein eigenes Restaurant aufzumachen. Jetzt erst recht. Manchmal fragte sie sich: Von welchem Geld eigentlich? Weder sie noch er hatten irgendwelche Ersparnisse. Nichts als überzogene Konten und Schulden. Doch das war ihr egal.

* * *

Aus ihrer Stimme klang ein Aufatmen. Auch wenn sie das von sich gewiesen hätte. Doch hörte sie dieses Aufatmen sogar selbst, als sie beispielsweise ihrer Mutter von dem Diabetes ihres Mannes berichtete. Dass man einen Diabetiker nicht mehr abschieben könne. So klang ihre Stimme. Dass man vieles mit einem Flüchtling in diesem Land machen könnte, nur nicht das: einen Diabetiker in ein Flugzeug setzen und nach Pakistan fliegen. Es wäre kaum anders, als einen Menschen mit einer Lungenentzündung ins Meer zu werfen.

Ihr neuer Anwalt pflichtete ihr bei. Eine schwerwiegende Erkrankung sei durchaus ein Abschiebungshinderungsgrund. Doch auch unabhängig davon sah er Faizans Aussichten nicht durchgehend skeptisch. Im Gegenteil. Allein durch die Ehe sei Faizan Muhammad Amir einigermaßen sicher. Es gelte Artikel 6 des Grundgesetzes. Es gelte aber auch Artikel 8 der Europäischen Menschenrechtskonvention. Die Stimme des neuen Anwalts (es war der dritte) klang warm, jedenfalls wärmer als die Stimmen der beiden früheren Anwälte. Als würde diese neue Stimme Julia nach einer endlosen Odyssee an die Hand nehmen. Man befinde sich nun, so der Anwalt, in einer komplexen Pattsituation: Da sei einerseits der ungewisse Aufenthaltsstatus ihres Mannes, der Umstand, dass er über kaum mehr als eine vorübergehende Duldung verfüge. Doch andererseits könne der deutsche Staat angesichts einer Ehe mit einer deutschen Staatsbürgerin eine Abschiebung nicht vollziehen. Das gehe schlichtweg nicht. Für ihn war eine Ehe immer noch eine Ehe. Ein Grundrecht. Ein Bleiberecht. Ein Menschenrecht. Völlig richtig, dass sie ihn geheiratet habe. Was immer auch das Ausländeramt an Drohungen ausspreche. Würde man Faizan tatsächlich ausweisen oder abschieben, dann wären damit ja nicht nur seine, sondern auch ihre Rechte als Ehefrau verletzt. Es wäre ein Unding, es wäre ein Skandal. So etwas gehe schlichtweg nicht.

Aufschiebung der Abschiebung. Das waren die geflügelten Worte, jedenfalls die des neuen Anwalts. Die Abschiebung so lange aufschieben, bis sie irgendwann nicht mehr möglich sei. *Abschiebung* und *Aufschiebung*. Wie ähnlich diese völlig gegensätzlichen Wörter klangen. Sie bewegten sich in einer Art Gleichschritt und Gleichklang, die sich in einer nervenaufreibenden Waage hielten. Statt eines *Abs* ein vorübergehendes *Auf*. Ab und auf. Es war ein Drahtseilakt entlang der kleinsten Silben. Es gehe nun darum, so der Anwalt, einen de-facto-Zustand irgendwann einmal, spätestens aber nach acht Jahren, in ein de-jure-Verhältnis zu überführen, also in eine dauerhafte Aufenthaltserlaubnis.

Ob er das tatsächlich so gesagt hatte oder vielleicht auch wieder ein wenig anders. Ob er wirklich acht Jahre gesagt hatte oder nicht auch sieben, sechs oder gar neun – irgendwann versank das in einem Wust an Paragraphen und Zahlen. Ein Land, so Julia, das einen derart grotesken Aufwand betreibe, um Menschen draußen zu halten – oder ein Hierbleiben so unmöglich wie irgendwie nur möglich zu machen. Sie lachte über die Paradoxie dieser Sätze: Das Mögliche unmöglich zu machen, um das Unmögliche dann vielleicht doch wieder möglich zu machen. Was sich dieses Land anmaße: das beste, schönste, heiligste, schützenswerteste Land auf Erden zu sein. Eine Art erstes vorhimmlisches Jenseits oder Paradies, mit unzähligen, fein säuberlich definierten Stufen, Zwischenstufen und Abstufungen: Duldung, Gestattung, Titel, Genehmigung, Erlaubnis, Anwartschaft, Staatsbürgerschaft, Staatsbürger, Bundesbürger, Deutscher, Arbeitsloser, Arbeiter, Angestellter, Beamter, Minister … Und so weiter und so fort. Kaum anders als die himmlischen Seinsketten des Mittelalters: vom Wackerstein bis zum Gold, vom Unkraut bis zur Eiche, vom Wurm bis zum Löwen, vom Bettler bis zum König, von der Erde hinauf zu den sieben Planeten, zu dem Primum Mobile, bis hin zu den efeuumrankten Füßen Gottes. So hatte man sich das damals vorgestellt: wohlgeordnet und durchdacht. Vom ersten bis zum letzten Ding.

* * *

Als Faizan aus Pakistan die Nachricht erhielt, dass seine Mutter mit einem Schlaganfall im Bett lag, da war das wie ein Todesurteil, denn wie könnte oder sollte man einen Schlaganfall in Pakistan behandeln lassen – wenn man kein Geld hat. Oder kein Angehöriger der Armee ist. Mit Tees und Gebeten und ratlos herumsitzenden Verwandten.

Faizan wollte der Familie sofort Geld schicken, doch er hatte keines. Also lieh sich Julia Geld. Sie hatte keine Ahnung, wann und wie sie das jemals zurückzahlen könnte. Sie benötigte überdies auch Geld, um für Faizan einen sofortigen Flug zu buchen, denn er dachte an nichts anderes, als so schnell wie möglich zu seiner Mutter zu reisen. In diesen Stunden geriet immer mehr aus dem Lot: die sterbende Mutter, der unbezahlbar teure Flug, der Pass, der sich (seit der standesamtlichen Trauung) in einem Tresor der Ausländerbehörde befand. Sollte Faizan auch nur daran denken, ihn zu holen und damit zu reisen, man würde den Pass sofort mit einem Stempel versehen, sobald er auch nur den Zoll eines deutschen Flughafens durchschreitet. Es wäre eine Art Ausreisestempel oder Komme-nie-mehr-wieder-Stempel. Alles Bisherige wäre damit obsolet. Der Stempel in dem Pass wäre nichts anderes als eine Einreisesperre. Es könnte Jahre dauern, bis er überhaupt nur in die Nähe einer legalen Rückreise gelange. Es wäre eine Steilvorlage für die Ausländerbehörde, die wie folgt argumentieren würde: Da er vor einem Jahr die freiwillige Ausreise innerhalb von dreißig Tagen verweigert habe, komme die jetzige Ausreise in jedem Fall zu spät. Sie erfolge ohne irgendeine Aussicht auf eine Vorabzustimmung seitens der Behörde. Er kehre also in sein Land zurück ohne die geringste Aussicht auf eine Rückkehr. Als wären die letzten fünf Jahre gar nicht gewesen. Er müsste wieder von vorne anfangen.

Tagelang sprach er nicht mehr. Er sprach nicht einmal mehr mit Julia. Für ihn war es unverzeihlich, dass ihm die Behörde nicht einmal jetzt irgendetwas gewähren wollte, eine Zusicherung, ein Wohlwollen oder auch nur ein einziges freundliches Wort. Unverzeihlich. Er sagte genau das. Unverzeihlich, die Mutter nicht am Krankenbett zu besuchen, nicht bei ihr zu sein, als sie starb. Sie starb ohne ihn, der fünftausend Kilometer von ihr entfernt in einem leeren Zimmer saß. Sie wurde ohne ihn beigesetzt. Der Pass lag noch immer in der Ausländerbehörde. Als wäre nichts geschehen.

* * *

UNVERZEIHLICH. DASS IHM DIESES Land all die Jahre selbst die geringste Gestattung verweigert hatte – in einer stoischen Duldsamkeit konnte er irgendwie damit leben, ja, sogar mit einem gewissen Humor. Dass ihm aber nun der Weg zu seiner sterbenden Mutter verwehrt wurde, das war für ihn unverzeihlich. Er werde das diesem Land nie verzeihen. Die Perfidie, die Durchtriebenheit, die gnadenlose Kälte.

Die gnadenlose Kälte. Julia dachte an die letzten drei Zeilen von Hölderlins berühmtem Gedicht *Hälfte des Lebens*:

> Die Mauern stehn
> Sprachlos und kalt, im Winde
> Klirren die Fahnen.

Sprachlos und kalt. So fühlte sie sich. Oder einfach nur kalt. Und sie hätte dieses Wort auch gerne Herrn Zöllner vom Ausländeramt mitgeteilt, nein, sie hätte es ihm gerne um die Ohren geschlagen, das Wort KALT. Jeden einzelnen Buchstaben.

Bei der Arbeit war Faizan nach wie vor freundlich. Er verhielt sich den Gästen gegenüber wohlwollend. Doch ging er nach der Arbeit immer öfter in die Moschee, aus welchen Gründen auch immer: ob nun im Gedenken an seine Mutter oder aus Wut gegenüber diesem Land. Es muss einmal gesagt sein. In dieser Art sprach er Julia gegenüber. Oder es muss zumindest einmal *gedacht* sein. Und er schwieg.

Nur wenige Monate später starb Julias Mutter, und wieder hörte sie das Wort *unverzeihlich*. Sie hörte es aus ihrem eigenen Mund. Unverzeihlich, dass sie sich so wenig um sie gekümmert hatte, dass sie ihre Mutter nur selten besucht hatte, dass sie ihre Mutter nicht zu der Hochzeit eingeladen hatte, ihr noch nicht einmal etwas von ihrer Hochzeit erzählt hatte. Sie hatte erst im Nachhinein davon berichtet, wie von einem Zahnarztbesuch. Doch ihre Mutter konnte das verstehen, weil sie eigentlich selbst gar nicht hatte heiraten wollen. Jedenfalls nie wirklich. All die Sätze von Kierkegaard, Nestroy und Oscar Wilde, es waren eigentlich *ihre* Sätze gewesen, ihre leidenschaftlichen Jugendsätze, die sie ihrer Tochter irgendwann einmal geschenkt hatte, weniger um sie zu warnen, als vielmehr um sich zu erklären: Wer sie ist und wer sie nicht ist – und nie sein wollte, zum Beispiel eine verstummte Ehefrau. Das wollte sie nie sein. Weder verstummt noch Ehefrau. Sie konnte ihre Tochter verstehen. Sie finde es richtig, hatte sie gesagt, dass Julia geheiratet habe. Wenn es überhaupt einen lauteren Grund zum Heiraten gebe, dann war es dieser Grund. Für sie war das mehr Grund als ihre eigenen Gründe, die gar keine Gründe gewesen waren. Nur Scheingründe.

Mitten in der Nacht hatte ihre Mutter es sich noch einmal beweisen wollen, dass sie es allein auf die Toilette schaffe, ohne die Hilfe anderer, mit neuen Kräften und einer neuen Zuversicht – und sie stürzte. Der Vater rief den Krankenwagen und dann den Sohn und schließlich die Tochter. Als Julia das Wort Schenkelhals hörte, da ahnte sie: Dies ist das Ende. Oder der Anfang vom Ende. Sie eilte ins Krankenhaus. Ihre Mutter war zu diesem Zeitpunkt noch nicht operiert worden. Sie lag in unerträglichen Schmerzen, blickte Julia aus erschrockenen Augen an, fasste nach ihrer Hand, als würde sie demnächst für immer versinken.

Nach der Operation waren die Schmerzen verschwunden und mit den Schmerzen auch ihre Mutter: entschwunden, nicht mehr bei sich oder in sich, nur noch halbherzig oder viertelherzig, unbeteiligt, unwillig, teilnahmslos … Sie wirkte beleidigt, dass man ihr das überhaupt antue: die Klinik, die Rehaklinik, das grauenhafte Krankenzimmer, von dem aus nur eine Betonwand zu sehen war. Unbeteiligt beleidigt war sie, als Julia sie mit einem Rollstuhl nach draußen fuhr. Nichts mehr bedeutete irgendetwas, weder die Sonne noch die Bäume noch die frische Luft. Es war vorbei.

Das Pflegeheim, in das sie schließlich gebracht wurde, erlebte sie kaum mehr bei Bewusstsein: nur noch schweigend und mit weggedrehtem Gesicht. Wie könnt ihr mir das antun. So wirkte das. Wobei Julia keine Idee hatte, was sie hätte anders machen sollen.

Ein Arzt teilte ihr mit, dass ihre Mutter in vielerlei Hinsicht schwer krank sei, viel kränker, als Julia geahnt hatte. Julia hielt die Hand ihrer Mutter. Sie war völlig regungslos. Erst als sie einige Sätze Kierkegaard zitierte, glaubte sie, ein Zucken zu spüren. Sie zitierte den Satz: *Sie war vor sich selbst in sich verborgen* … Und: *In ihr war ein eigener Stolz gleich einem wagemutigen Flug* … Und: *Ein Rätsel war sie, das rätselhaft seine eigene Auflösung besaß* … Dies waren *ihre* Sätze. Nur für ihre Mutter geschrieben.

Bei der Beerdigung weinte Faizan mehr als sie selbst. Er weinte so sehr, als stünde er am Grab seiner eigenen Mutter. Als weinte er für beide Mütter. In diesem Moment liebte sie ihn. In diesem Moment hätte sie ihn vielleicht auch geheiratet, wenn er Deutscher gewesen wäre. In dieser Sekunde hätte sie ihn geheiratet, auch ohne irgendeinen äußeren Grund.

* * *

WÄRE FAIZAN AN DIESEM Abend nicht so früh nach Hause gekommen, dann hätte man ihn gar nicht angetroffen. Indem er aber zu Hause war, brannte Licht und man klingelte, mehrere Male – und er öffnete. Indem er die Tür öffnete, war er bereits verloren. Polizisten drängten in die Wohnung und teilten ihm mit, dass seine Abschiebung in diesem Moment vollzogen werde. Er wollte erwidern, dass das gar nicht möglich sei, dass er verheiratet sei, dass der Anwalt ihm versichert habe, dass sein Fall ein schwebendes Verfahren sei und dass eine Abschiebung in einem schwebenden Verfahren nicht rechtens sei. Man hörte gar nicht zu, verstand ohnehin kaum ein Wort von dem, was er sagte. Es war eher ein Stammeln als ein Sagen.

Man gewährte ihm fünf Minuten, einige Sachen zu packen. Ein Polizeihandy diente als Stoppuhr. Ein weiteres Handy wurde ihm gereicht, um noch einen Anruf seiner Wahl zu tätigen. So die Vorschriften, die hier penibel eingehalten wurden. Noch vier Minuten und 45 Sekunden. So die Stoppuhr, die bereits lief. Sein eigenes Handy wurde ihm abgenommen. Es sollte verhindert werden, dass damit Ton- oder Videoaufzeichnungen des Bevorstehenden gemacht werden konnten. Noch vier Minuten und 30 Sekunden. »Wählen Sie!« Er wählte Julias Nummer. In der Eile traf er die Tasten nicht. Noch vier Minuten und 15 Sekunden. Als Julia den Anruf endlich entgegennahm, da hörte sie Tränen in seiner Stimme. Sie dachte zunächst an einen Unfall oder an ein Verbrechen. Die Polizei sei hier. Er werde jetzt mitgenommen. Noch vier Minuten. Wohin mitgenommen, fragte sie, und er fügte hinzu: des Landes verwiesen, abgeschoben, ausgewiesen. Noch drei Minuten und 45 Sekunden. Sie wollte mit einem der anwesenden Polizisten sprechen, der ihr mitteilte, dass es sich genau so verhalte, wie ihr Mann es sage. Noch drei Minuten und 30 Sekunden. Er solle jetzt packen. Also packte er: wahllos, ohne zu wissen, was er packen könnte oder packen sollte. Er suchte nach seinem Insulin. Er sei Diabetiker, erklärte er dem Polizisten, der das achselzuckend zur Kenntnis nahm. Noch drei Minuten und 15 Sekunden. Er fand nicht einmal einen Koffer oder eine Tasche. Wohin sie ihn jetzt bringen würden, fragte Julia den Polizisten. Er antwortete nicht mehr. Im Hintergrund hörte sie noch das Wort *Sammelstelle* und Flughafen. Damit wurde die Verbindung abgebrochen. Noch drei Minuten. Sie versuchte zurückzurufen, doch ihre Anrufe wurden nicht entgegengenommen. Noch zwei Minuten und 45 Sekunden. Sie wählte die Nummer ihres Anwalts, der nicht in seinem Büro war, nicht an einem Sonntag, und schon gar nicht spätabends, zumal an einem Ersten Advent. Heute war Erster Advent. Noch zwei Minuten und 30 Sekunden. Sie wählte seine Mobilnummer. Es sprach nur die Mailbox, in endlos gewundenen Sätzen. Noch zwei Minuten und 15 Sekunden. Einen einzigen Anruf gewährt man einem Abzuschiebenden im Vollzug einer Abschiebung. Mehr nicht. Noch zwei Minuten. Schließlich fand Faizan einen erbärmlichen Koffer, genau den, mit dem er damals nach Deutschland gekommen war. Jetzt ging es mit diesem Koffer wieder zurück. Noch eine Minute und 45 Sekunden. Julia wählte unterdessen die Nummer einer Kollegin aus der Stadtbücherei. Schon während des Wählens weinte sie. Jeanette, die Kollegin, verstand kaum, was Julia sagte. Noch eine Minute und 30 Sekunden. Auch die Kollegin dachte zuerst an einen Unfall oder an eine Gewalttat. Als läge hier jemand erschlagen, zertreten, vergewaltigt. Noch eine Minute und 15 Sekunden. Erst nach vielen Sätzen verstand Jeanette in groben Zügen, was passiert war. Um irgendetwas zu sagen, versprach sie, sich ins Auto zu setzen und sofort zu kommen. Noch eine Minute. Alles, was Faizan unterdessen packte, war verfehlt, für die Jahreszeit entweder zu warm oder zu kalt. Er hatte noch nicht einmal ausreichend Geld. Auch das war kein Hinderungsgrund. Noch 45 Sekunden. Es ging nun zu Ende. Nach fast sechs Jahren. Der Fernseher lief noch. Auf dem Küchentisch stand sein Abendessen. Noch 30 Sekunden. Der Koffer wurde geschlossen, obgleich er noch gar nicht gepackt war. Vom Haus gegenüber blickte eine entsetzte Frau. Noch 15 Sekunden. Eine Winterjacke, die er an- und dann wieder auszog. Als könnte er sich noch einmal neu entscheiden. Null Sekunden. Der Fernseher wurde ausgeschaltet und alle verbliebenen Lichter. Ein Polizist nahm den Koffer. Ein anderer führte Faizan hinaus. Das Letzte, was er von der Wohnung noch sah, das war der Wohnungsschlüssel. Er lag auf dem Küchentisch.

Er wurde die Treppen hinabgeführt und von dort in ein bereitgestelltes Polizeiauto, in das er gesetzt wurde, indem man ihm, im Einsteigen, den Kopf nach unten drückte, so, als wollte dieser Kopf noch einmal aufbegehren oder nach oben schnellen – so wie ein Ertrinkender noch einmal mit seinem Kopf nach oben kommen möchte, bevor er endgültig untergeht. Dann saß er auf der Rückbank des Polizeiautos und sie fuhren los. Er dachte an seine Duldung. Sie war noch gar nicht abgelaufen, sondern noch über einen Monat gültig. Er wollte die Polizisten darauf aufmerksam machen. Sie hörten nicht zu. Er dachte an die Herdplatten, die womöglich noch eingeschaltet waren. Heute Abend mehr denn je. Er dachte an die anderen Geräte in der verwaisten Wohnung. Er dachte und dachte. Sie passierten bereits die letzten Außenbezirke der Stadt.

Julia war bei ihrem Vater, den sie an diesem Tag besucht hatte, nach vielen Monaten – all die Jahre, die sie sich viel zu wenig um ihre Eltern gekümmert hatte, da sie sich mehr oder weniger um Faizan gekümmert hatte. Ihr Vater stand gebeugt in seinem Pyjama, wusste nicht, wie seiner Tochter geschah. Das sei ja furchtbar. Mehr fiel ihm nicht ein. Furchtbar. Seine Tochter war bereits auf dem Weg zu ihrem Auto, das in der Kälte nicht ansprang. Ihr Vater reichte ihr seinen eigenen Autoschlüssel, den sie nahm, obgleich sie wusste, dass sie eigentlich gar nicht mehr fahren konnte. Sie fuhr trotzdem. Es war kalt und glatt. Im Radio sprach ein Geistlicher über die Bedeutung des heutigen Tages. Es war immer noch der Erste Advent. Der Geistliche fragte: was Advent eigentlich bedeute. Es bedeute Ankunft oder Wiederkunft des Heilands. Gott sei uns heute besonders nahe. Sie wäre fast ins Schleudern geraten, doch sie fuhr weiter zur nächstgelegenen Polizeistation. Sie weinte. Irgendwann schaltete sie das Radio aus. Die Bewegungen des Autos wurden nun ruhiger.

In der Polizeistation war man nicht unfreundlich zu ihr. Jedenfalls freundlicher, als sie erwartet hatte. Vielleicht auch wegen ihres geröteten Gesichts. Sie zeigte ihren Personalausweis und nannte den Namen ihres Ehemanns. Man studierte Listen und bestätigte, dass ihr Mann in diesem Moment abgeschoben werde.

Jeanette, die ihrer Kollegin zu der Polizeistation nachgefahren war, nahm Julia minutenlang in den Arm. Dann fuhren sie zusammen los. Sie fuhren in Jeanettes Wagen. Jeanette saß am Steuer, Julia an ihrer Seite. Ihr Mobiltelefon leuchtete auf der Autobahn unentwegt. Sie suchte und suchte: nach sämtlichen in Betracht kommenden Flügen. Jeanette reichte ihr eine Zigarette. Es war der erste auf der Homepage des Flughafens aufgelistete Flug. Abflug um fünf Uhr morgens. Ein Charterflug einer unbekannten englischen Fluggesellschaft, die auf derlei Flüge spezialisiert war: Frankfurt – Islamabad. Ohne irgendwelche sonstige Angaben eines Terminals oder eines Gates. Danach folgten die üblichen Touristenflüge nach Mallorca, Madeira, Teneriffa – mit Angabe von Terminals und Gates. Das war der Unterschied.

Sie versuchte herauszufinden, was man irgendwie über diesen Flug herausfinden konnte, suchte nach einer Nummer der Bundespolizei, die sie irgendwann, nach unzähligen Versuchen, dann auch erreichte. Man teilte ihr mit: Sie solle es nicht einmal versuchen. Sie habe keine Chance, jemals in den hermetisch abgeschotteten Abschiebebereich des Flughafens hineinzukommen. Selbst wenn sie es zum Flughafen noch schaffe. Ihr Mann sei schon gar nicht mehr wirklich auf deutschem Boden.

Sie wählte die Nummer der Flughafenklinik, teilte einem Arzt mit, dass ihr Mann krank sei, Diabetiker

Typ 1, und gar nicht fliegen dürfe, schon gar nicht nach Islamabad, da er nur für wenige Tage Insulin besitze und es dort überhaupt kein richtiges Insulin gebe. Jedenfalls kein Langzeitinsulin. Sie sprach in immer länger werdenden Sätzen, so, als könnte man die Welt noch einmal umstimmen. Der Arzt: Da könne er leider nichts machen. Eine Abschiebung sei kein Notfall.

Der hell erleuchtete Frankfurter Flughafen wirkte nicht anders als sonst an einem ersten Urlaubstag. Als wäre alles in bester Ordnung. Die Welt könnte sogar schön sein. So wirkte das alles. Julia rannte durch die Terminals. Später war es kein Rennen mehr, sondern nur noch ein immer langsamer werdendes Laufen, dann ein Irren. Man schickte sie von Terminal zu Terminal. Sie sah Panzerglas, Gittertüren, türlose Wände – und dienstbeflissene Beamte. Denken Sie nicht einmal daran. So sprach man mit ihr. Eine Beamtin fügte noch hinzu: Sie könne ihrem Mann leider nicht mehr Tschüss sagen. Julia konnte dieses Wort nie mehr vergessen: Tschüss sagen. Im Hintergrund hörte sie die Rollkoffer der ersten Urlauber. Sie überrollten alles.

Sie wusste nicht einmal, ob der Flieger nach Islamabad bereits gestartet war – oder ob der Flug sich vielleicht noch verzögern könnte. Aus welchen Gründen auch immer. Und wenn es nur ein einziger Abzuschiebender wäre, der vielleicht aufbegehren würde. Doch es begehrte niemand auf. Nicht an diesem Tag. Immer wieder wählte sie Faizans Nummer. Sie wählte und wählte, bis der Akku leer war.

Jeanette stand betreten. In einem Meer von Urlaubern. Sie wollte wieder ihren Arm um Julia legen, doch tat es besser nicht. Sie musste auch wieder zurück, nach Hause – um neun Uhr begann ihr Dienst, so wie auch Julias Dienst in der Bibliothek um neun Uhr wieder begann. Langsam gingen sie in das Parkhaus zurück. Im Auto wurde nicht mehr gesprochen. Jeanette wunderte sich noch über einen Konvoi von Polizeitransportern, der sie auf der Autobahn überholte. Die Polizeitransporter waren leer. Nach einem langen Einsatz. Nach getaner Arbeit. So sahen die Transporter aus. Erst viele Kilometer später verstand Julia deren Bedeutung.

⋆ ⋆ ⋆

Wenn das Schlimmste passiert sei, dann müsse man sich endlich nicht mehr davor fürchten. So steht es in einem Roman. Sie fürchtete sich nicht mehr. Andererseits fragte sie sich, ob es nicht vielleicht noch schlimmer kommen könnte. Das Schlimme hatte ja nicht einmal wirklich begonnen.

Ihr Bruder Johannes war um drei Uhr nachts nach Hause gekommen und hatte sogleich das Leuchten seines Telefons bemerkt, der Hinweis, dass auf der Mailbox eine Nachricht hinterlassen worden war, und zwar genau um 22 Uhr 39, eine Nachricht seines Vaters. Er hörte dessen unwirkliche Stimme, dass eine ziemliche Katastrophe passiert sei, und er hörte im Hintergrund die Wein-Konvulsionen seiner Schwester. Es klang wie nach einem schweren Unfall oder Verbrechen. Als ob ein Schrank umgestürzt wäre oder eine Vergewaltigung stattgefunden hätte. Johannes hörte die Nachricht mehrere Male, bis er überhaupt eine Ahnung bekam, was geschehen war. Er setzte sich, fast mit einem Anflug von Erleichterung, dass dem Vater nichts zugestoßen war oder seiner Schwester, obgleich das, was Faizan zugestoßen war, ja auch seiner Schwester zugestoßen war – erst sehr viel später begriff er das. Um kurz nach drei wählte er ihre Nummer, doch da rannte sie bereits durch die Terminals des Flughafens.

Unverzeihlich. Dass er an diesem Abend nicht zu Hause gewesen war und den Anruf nicht entgegengenommen hatte – von allen Anrufen der Welt hätte er einzig und allein genau diesen Anruf entgegennehmen müssen.

Unverzeihlich. Das war auch das Wort der Schwester gewesen, als sie um sieben Uhr morgens zusammen mit ihrer Kollegin im Auto saß und den ganzen Weg vom Frankfurter Flughafen wieder nach Hause fuhr, statt am Flughafen zu bleiben, sich dort festzusetzen, nicht mehr abzulassen, von den Beamten der Bundespolizei nicht mehr zu weichen. Ich gehe nicht mehr. Ich bleibe.

Jeanette hatte ihr eine weitere Zigarette gereicht und ihr gesagt, sie könne es gut verstehen, wenn Julia heute nicht zur Arbeit gehe, doch Julia erwiderte, sie könne genauso gut auch zum Dienst erscheinen. Sie würde es in der leeren Wohnung ohnehin nicht aushalten. Zum ersten Mal bekam sie eine Ahnung von der Einsamkeit und Leere der kommenden Monate.

Die Bücherei wirkte geradezu friedlich. Als wäre die Welt im Frieden mit sich selbst, kraft all der Bücher. Wer liest, der sündigt nicht, war ein geflügeltes Wort ihrer Kollegin gewesen. Julia ging mit ihr hinauf zum zweiten Stock. Dort stand ein Kaffeeautomat. Sie setzten sich und tranken Kaffee, schweigsam. Dann schoben sie Regale zur Seite, richteten Stühle für die bevorstehende Abendveranstaltung her, eine Lesung des Romanautors Edgar Schenk. Um irgendetwas zu tun, hängte Julia Plakate auf. *Schenk liest.* Er sollte heute Abend aus seinem neuesten Roman lesen, so wie er jedes Jahr in die Bücherei kam und aus irgendeinem neuesten Roman las. Es waren – so der Verlagsprospekt – Weltromane: weltumspannend, welthaltig, welterbauend und weltgewandt.

Julia saß in einer Toilette und weinte. Aus einem Nachbargebäude klangen Adventslieder. Sie wählte Faizans Nummer. Sein Telefon nahm noch immer keine Anrufe entgegen. Sie versuchte es unentwegt. Selbst im Waschraum der Toilette hing ein Plakat von Edgar Schenk.

Ihr fiel ein, dass das Auto ihres Vaters immer noch vor der Polizeistation stand. Keine Ahnung, wie es von dort wieder zu ihrem Vater kommen sollte. Sie wählte abwechselnd Faizans Nummer oder betrachtete auf ihrem Smartphone Fotos: Fotos von Faizan, Fotos von ihr, Fotos von Faizan und ihr zusammen. Wäre er doch abends nicht so früh nach Hause gekommen.

Später erfuhr sie, dass während des gesamten Fluges Polizisten neben Faizan gesessen hatten, links und rechts eines jeden Abzuschiebenden: eine Sitzreihe Abgeschobener, flankiert von einer Sitzreihe Polizisten. Am Ende waren es mehr Polizisten als Abzuschiebende. Um ganz sicher zu gehen.

Die Frage, ob man jetzt noch Abzuschiebender sagen sollte. Oder Abgeschobener. Ob Präsens oder Vergangenheit. Ob noch in der Luft. Oder schon gelandet.

* * *

Mehr als zweihundert Zuhörer kamen zu der Lesung. Daran könnten andere Autoren sich ein Beispiel nehmen, so die Leiterin der Stadtbücherei. Wenn die anderen doch nur so hoffnungsvoll schreiben könnten wie er. Es würden sich wieder Bücher verkaufen. Die Menschen würden sogar wieder damit anfangen, Bücher zu lesen. Schenk sei Dank. Er verschrecke die Leser nicht, sondern beschwichtige sie und nehme sie an die Hand. Wie ein Arzt oder Reiseführer.

Schenk trat nach vorne und setzte sich in einen eigens für ihn hergerichteten Drehsessel. Mit einem Schwung wandte er sich dem Publikum zu. Er erinnerte Julia nun an den Mann in einer alten Waschmittelwerbung, der in einem dunklen Anzug und in einem schwarzen Sessel sitzend, leicht nach vorne gebeugt, auf ein Persil Waschmittel zeigend, in einer eindringlich-jovialen Stimme allen Hausfrauen Mut zuspricht und ihnen sagt: Da weiß man, was man hat. So sah Schenk aus. Und so las er auch: wohlwollend und wohlgelaunt. Am Ende der Lesung fing das Publikum rhythmisch an zu applaudieren. In diesem Moment wirkte er wie ein Pilot nach einer geglückten Landung.

Dann trat Jeanette ans Pult, ohne dass das mit irgendjemandem abgesprochen war: »Liebes Publikum.« Sie entfaltete ein Blatt Papier und las mit gebrochener Stimme. »Ich möchte Ihre Aufmerksamkeit auf einen Vorgang lenken, der gestern radikal in das Leben meiner Kollegin eingegriffen hat.« Stille. »In einer nächtlichen Polizeiaktion ist gestern Nacht der Ehemann meiner Kollegin abgeschoben worden. Gegen 22.30 Uhr klingelten Polizeibeamte an der Wohnungstür. Man teilte ihm mit, dass er mit sofortiger Wirkung abgeschoben werde.« Stille. »Die Beamten forderten ihn dazu auf, innerhalb weniger Minuten ein paar persönliche Dinge zu packen und ihnen in ihr Dienstfahrzeug zu folgen.« Stille. »Daraufhin wurde er zu einer *Sammelstelle* gebracht und von dort aus weiter zum Frankfurter Flughafen. Um fünf Uhr morgens startete das Flugzeug, das ihn in sein Herkunftsland brachte. Eine Möglichkeit, sich von seiner Frau zu verabschieden, gab es nicht. Die Abschiebung erfolgte plötzlich und ohne Vorwarnung.« Stille. »Wir wissen nicht, was verstörender ist: das Unrecht dieses Vorgangs oder dessen Rechtmäßigkeit. Oder beides zusammen.« Stille. »Wir jedenfalls werden dieses staatliche Vorgehen niemals hinnehmen.« Stille. »Deshalb findet nachher vor der Stadtbücherei eine Kundgebung statt.« Stille. Und sie nahm Julia bei der Hand. Edgar Schenk war nicht mehr im Raum. Nichts mehr war von ihm zu hören oder zu sehen. Nicht einmal mehr sein Drehsessel. Als hätte seine Lesung gar nicht stattgefunden.

* * *

Wäre Jeanette an diesem Abend nicht ans Pult getreten, dann hätte keine Kundgebung stattgefunden, dann hätte die Zeitung (statt über den neuen Roman von Edgar Schenk) nicht über Faizans Abschiebung berichtet, dann hätten auch keine anderen Zeitungen davon berichtet, dann wäre jetzt schon alles hoffnungslos gewesen. Aus und vorbei. Indem sich aber einige Hundert Menschen vor der Stadtbücherei mit Kerzen und Spruchbändern versammelt hatten, hatte Julia das Gefühl, dass sie nicht alleinstand.

Es begann nun ein unwirklicher Reigen an Menschen und Stimmen und Reden und Zeitungsberichten und Einschätzungen von Politikern und Sachverständigen und Stellungnahmen und Gegenstellungnahmen, die Julia vor sich hertrieben wie ein kleines Schiff in der Dünung eines gewaltigen Ozeans. Schon während der Kundgebung trat ein Politiker zu ihr, der ihr erklärte, dass eine solche Abschiebung gar nicht rechtens sei, gegen alle Bestimmungen, Verfahrensregeln und Grundrechte, ein gravierender Verstoß nicht nur gegen Faizan Muhammad Amirs Rechte, sondern auch gegen Julias Rechte, allein ihr Recht ungetrennt und unbehelligt mit ihrem eigenen Ehemann zusammen sein zu dürfen. Wo kämen wir hin, wenn nicht einmal das mehr erlaubt sei.

Während ein anderer Politiker aus einer anderen Partei das Gegenteil erklärte: Die Abschiebung sei völlig rechtens, nicht nur rechtens, sondern nach Maßgabe aller geltenden Bestimmungen und Gesetze geradezu zwingend. Recht oder Unrecht. Zwingend oder nicht zwingend. Aufschiebung der Abschiebung oder Abschiebung trotz Aufschiebung. Die Wörter tanzten vor ihr. Sie zerrten an ihr, zogen sie hin und her, von der einen auf die andere Seite, vom Recht zum Unrecht, vom Unrecht wieder zurück zum Recht.

Zeitungsschlagzeilen und Radionachrichten bildeten die Wände der Höhle, in der wir lagen. Eine Gedichtzeile. Nur dass sie beide gar nicht mehr in ihrer Höhle lagen, sondern ab jetzt getrennt waren. Sie erlebte das Wort Trennung anders als sonst: Nicht er trennt sich, nicht sie trennt sich, sondern ein Staat oder Land trennt sie.

* * *

Die ersten 24 Stunden hatte Faizan in den Terminals des internationalen Flughafens von Islamabad verbracht. Er konnte sein Mobiltelefon nicht benutzen, da dieses Telefon nur für ein deutsches Netz zugelassen war. Er hatte Langzeitinsulin für nur wenige Tage. Er hatte so gut wie kein Geld. Julia musste erst einmal zu *Western Union* eilen und ihm einen Geldbetrag überweisen. Über Facebook konnten sie notdürftig telefonieren. Sie sah sein fragendes Gesicht. Sie sah die Menschenmassen auf dem Flughafen. Er wusste nicht, was er jetzt tun sollte.

Er fühlte sich deplatziert und fremd. Er wollte versuchen, mit seinem Bruder zu telefonieren. Er wusste nicht, was er seinem Bruder nachher sagen sollte, wie er ihm seine Rückkehr erklären könnte.

Eine solche Rückkehr sei in seinem Land eine Enttäuschung, ein Unding, ein Scheitern. Kaum zu erklären. Um irgendetwas zu tun, küsste sie ihn von Telefon zu Telefon, so, als könnte er jederzeit wieder um eine Ecke kommen.

Ihre Sorge, dass das Geld bei *Western Union* in Islamabad noch nicht eingetroffen sei, dass sie denselben Betrag *noch einmal* überweisen müsse, dass man ihm das Geld vielleicht (schon am Zoll) wieder abnehmen würde, da man ihm seine Zeit in Deutschland auf den ersten Blick ansehe – dass man auf Rückkehrer wie ihn geradezu warte: hereinspaziert.

Was denn nun geschehen solle, fragte sie ihren Anwalt, den sie aufsuchte. Er war untröstlich. Geradezu fassungslos. Er habe Klage beim Verwaltungsgericht eingereicht. Und andere Schritte in die Wege geleitet. Es gehe nun darum, mehrgleisig zu verfahren: einen Termin für Faizan bei der Deutschen Botschaft in Pakistan zu beantragen. Und dann einen Visumsantrag zum Zwecke der Familienzusammenführung zu stellen. Und gleichzeitig beim Ausländeramt eine Vorabzustimmungserklärung zu erwirken, die man dann der Botschaft zuschicken würde. All dies werde in einem ständigen Fluss flankierender Maßnahmen geschehen, die der Deutschen Botschaft nachdrücklich bedeuten würden, dass hier nicht irgendjemand ein Visum beantrage, sondern ein mit einer deutschen Staatsbürgerin Verheirateter, der lange Jahre in Deutschland gelebt und gearbeitet habe, der der deutschen Sprache mächtig sei, der anwaltlich von einer deutschen Anwaltskanzlei vertreten werde, der überdies, wie der Anwalt nun hoffte, demnächst eine Vorabzustimmungserklärung des Ausländeramtes beibringen werde, die der Anwalt so bald wie möglich bei der Ausländerbehörde beantragen werde …

Julia hörte nicht mehr zu.

Später setzte der Anwalt Julia davon in Kenntnis, dass es auf dem normalen Verfahrensweg durchaus neunzehn Monate dauern könnte, bis Faizan einen Termin bei der Deutschen Botschaft erhalten werde und dass danach sich noch einmal eine dreißigmonatige Einreisesperre anschließe, womit dann, nach insgesamt 49 Monaten, die Vorabzustimmungserklärung der Ausländerbehörde wieder verwirkt sei. Er werde aber in einem persönlichen Schreiben an den Bundesaußenminister darauf drängen, seinem Mandanten einen früheren Termin bei der Botschaft zu gewähren. Mehr könne er aktuell leider nicht tun.

* * *

Faizan bekam die Nummer: 99773359. Die Nummer war zumindest ein Anfang. Es handelte sich um die ihm zugeteilte Referenznummer zur Erlangung eines Termins bei der Deutschen Botschaft. Julia addierte die von ihrem Anwalt angegebenen Zahlen: Neunzehn und dreißig. Sie türmten sich zu aussichtslosen Monatszahlen. Sie wagte nicht, das in Jahre umzurechnen.

Die leere Wohnung und das leere Bett und der immer wiederkehrende Gedanke: Wäre er doch an diesem Abend nicht so früh nach Hause gekommen. Dann wäre er noch hier. Man schiebe, so hatte Julia gehört, genau diejenigen Menschen ab, die abends zu Hause seien – um der Öffentlichkeit Zahlen präsentieren zu können wie neu gebaute Bahntrassen.

Immer wenn Julia einen Gedanken gefasst hatte, da war er bereits überholt, da war Recht plötzlich wieder Unrecht oder Unrecht wieder ein Recht, da präsentierte die örtliche Zeitung neue Gutachten, Gesichtspunkte und Einschätzungen: zum Beispiel die Einschätzungen disputierender Juristen, die sich in einer ständigen Folge von Zeitungsartikeln und Leserbriefen über den Fall auseinandersetzten, immer neue Paragraphen heranzogen und in die letzten Feinheiten eines Gesetzes vordrangen. Sie erklärten, ermahnten und verteidigten sich, seitenweise und paragraphenweise, bis nichts mehr von Julia und Faizan übrig war.

* * *

Härte und Herz. Das waren Herrn Zöllners Worte. Auch er war nun mit einem großen Foto in der Zeitung abgebildet. Er trug einen neuen Anzug. Mit seiner Aktentasche unter dem Arm sah er aus, als könnte er jederzeit wieder aufbrechen, um Hausbesuche zu machen. Oder als wollte er im allerletzten Moment noch ein paar Weihnachtseinkäufe tätigen. Härte und Herz. Das seien die Pfeiler seines Tuns. In größtmöglicher Symmetrie und Ausgewogenheit. Hier das Bleibeinteresse des Ausländers. Demgegenüber das Ausweisungsinteresse der Bundesrepublik Deutschland. In dieser Art sprach er. Mit immer neuen Erklärungen und Hinzufügungen. Julia hörte wieder seine Stimme, in endlosen, nicht ablassenden Verlautbarungen und Begründungen. Fast hörte sie so etwas wie Betroffenheit. Er merkte an, er wies zurück, er stellte richtig: die Rechtslage, das Verwaltungsgericht und Julias Anwälte. Dass ihre Anwälte sie in einigen Punkten nicht immer gut beraten hatten. Dies nur nebenbei, als eine Art Wink oder eine Erklärung, warum das Ausländeramt gar nicht anders hatte entscheiden können, als es nach Gesetzeslage hatte entscheiden *müssen* – es treffe das Amt also keinerlei Schuld. Hätte man Julia doch nur besser beraten.

Seine Behörde habe Faizan und Julia die Hand gereicht, so Herr Zöllner in immer weiteren Erklärungen, eine Hand gereicht, indem man schon vor über einem Jahr Faizan ein Angebot zur freiwilligen Ausreise unterbreitet habe, begleitet von dem größtmöglichen behördlichen Wohlwollen, dass man einer Einreise beziehungsweise Rückreise nach Deutschland dann nicht mehr länger im Wege stehe …

Die Hand gereicht, die nicht genommen wurde.

Sie dachte daran, ihn aufzusuchen und ihn zu fragen: Wann haben Sie mir oder meinem Mann je die Hand gereicht? Bei den Hausbesuchen? Oder in Ihren Schreiben? Oder Telefonaten? *Sie haben keine Chance.* Das war die Botschaft gewesen. Von Anfang an. Keine Chance. Verabschieden Sie sich von der Vorstellung eines Mannes. Zumindest eines Mannes wie Faizan Muhammad Amir. Ohne Rechtsanspruch, Bleiberecht und Perspektive. Verabschieden Sie sich.

* * *

WO IMMER SIE HINKAM, da war Faizan nicht mehr, an all den Orten, an denen sie mit ihm schon so oft gewesen war: ob nun in einem Kino, auf einer Wiese oder auf einem Spazierweg. Die Orte waren ab jetzt verlassen und leer. Als wäre er schon gar nicht mehr auf dieser Welt. Als wären das alles nur noch Nachrufe.

Sie erhielt zahllose Briefe. Sie lagen in ihrem Briefkasten oder stapelten sich in ihrem Mail-Account. In einem Brief las sie das Wort Dummheit. Zunächst verstand sie dieses Wort dahingehend, dass es eine Dummheit sei, einen Menschen wie Faizan überhaupt abzuschieben. Doch als sie den Brief weiterlas, da war es ihre eigene Dummheit, von der die Rede war: Wie sie nur so dumm sein könne …

Ich?

Ja, Sie.

So dumm sein könne, zu glauben, dass ein viel jüngerer Mann sie ernsthaft begehren könnte. Wie das gehen solle. Als wäre das ein Verstoß gegen sämtliche Sitten und gegen jeden Menschenverstand. Sie solle die Augen aufmachen. Ob sie es nicht sehe. Oder es zumindest ahne, wie sich ihr Mann immerzu umgeschaut habe … – ob es nicht vielleicht noch andere Frauen geben könnte, die *nicht* zehn Jahre älter seien als er, sondern sogar noch zehn Jahre *jünger*.

Doch dies nur nebenbei.

Nur ein Auftakt.

Eines ewig langen Briefs.

Wie sie nur daran denken könne. So der Brief. Wie sie ernsthaft glauben könne, dass ein Pizzabäcker für dieses Land irgendwie von Nutzen sein könnte. Warum er sich um keine Ausbildung bemüht habe. Oder er sich sonst irgendwie bemüht habe. Der nicht enden wollende Brief machte sie für all das verantwortlich. Als wäre sie eine Art Vormund. Oder die Urheberin eines misslungenen Theaterstücks.

Er war ab jetzt ein Pizzabäcker.

Und sie sein Vormund.

Und auch noch zehn Jahre zu alt.

Und er zehn Jahre zu jung.

Warum er sich um keine Ausbildung bemüht habe. So das Mantra. Warum er nicht dies und jenes unternommen habe, um sich irgendwie nützlich oder gar unentbehrlich zu machen.

Der Brief ging weiter und weiter. Als würde er mitfühlen und dann wieder um sich schlagen. Bemühung, Anstrengung und Ausbildung. Das Alpha und Omega. Der Dreh- und Angelpunkt. Warum er sich um keine

Ausbildung bemüht habe. Und sie antwortete, wenn auch nur im Geiste: weil man in einer Ausbildung kaum Geld verdient und ein Mensch wie Faizan seiner Familie sofort Geld schicken musste. Ob man daran schon einmal gedacht hatte. Doch es war zwecklos.

* * *

Es stimmt: Gleich nach seiner Abschiebung hatte sie einen Zettel in den Hauseingang gehängt, auf dem zu lesen war, dass es ihren Mann in diesem Gebäude nicht mehr gibt. Die Polizei sei gekommen und habe ihn außer Landes geschafft. Sie hatte mit einer betroffenen Stille gerechnet, doch die Briefe in ihrem Briefkasten jubilierten.

Scheinehe.

Schein-ehe-frau.

Dumm-gelaufen-Frau.

Altersunterschied.

Gepaarte Dummheit.

Gepaartes Scheitern.

Ihr Daseinsscheitern gepaart mit seinem Hierbleibescheitern. Scheitern hoch zwei. Nicht einmal das, so der Unterton der Briefe. Und es waren nicht nur Briefe, sondern auch E-Mails oder Facebook-Kommentare. Warum? Das ständige Fragewort. Warum er oder sie nicht dieses oder jenes gemacht hatten? Gefolgt von den Antworten, die alles Wissen der Welt auf ihrer Seite wussten.

Es müsse ja einmal gesagt sein. In dieser Art. Was man schon längst einmal hätte sagen sollen – jetzt sagte man es. Oder schrieb es. Unaufhörlich. Unablässig. Wer die Öffentlichkeit rufe, der werde sie finden. Und die Öffentlichkeit fand sie.

Sie solle doch … Vorschläge, Ratschläge und andere Schläge, meist mit dem Wort *doch*: doch einen anderen Mann suchen, sich doch damit abfinden, doch nach Pakistan gehen. Gehen Sie doch.

Ratschläge, Vorschläge, Nachschläge. Diabetes sei keine Krankheit, sondern eine Frage der Einstellung. Oder der richtigen Lebensführung. Falls ihr Mann überhaupt unter Diabetes leide. Falls Diabetes überhaupt eine wirkliche Krankheit sei und kein arglistiger Trick. Und wenn es am Ende doch eine Krankheit sei, warum Diabetes dann gerade in Pakistan so weit verbreitet, also eine Volkskrankheit sei. Und wenn Diabetes eine Volkskrankheit sei, warum man dann dort nicht durchaus damit leben könne. Und wenn man damit in einem Land wie Pakistan leben könne, dann sei ja alles gut.

»Siebzig Millionen Flüchtlinge. Weltweit. Allein letztes Jahr. Und es werden immer mehr werden. Wie viele Millionen sollten Ihrer Meinung nach noch kommen? Drei Millionen? Fünf Millionen? Damit es selbst für Sie irgendwann zu viel wird. Ab wann darf man sagen: Es ist zu viel!«

Wir können nicht allen helfen.

Wir können nicht einmal uns selbst helfen.

Wir können …

Erst jetzt verstand sie das Wort *Shitstorm*. Sie konnte nicht glauben, dass diese Sätze ihr gelten könnten. Sie galten ihr.

⋆ ⋆ ⋆

BEINAHE HATTE SIE DEN Eindruck, in den Stimmen ihrer Familie einen Ton von Erleichterung zu vernehmen, so wie auch ihre Familie und auch ihre Freunde den Eindruck bekamen, dass sogar in Julias Stimme selbst so etwas wie Erleichterung mitschwang, und sei es nur darüber, dass das Schlimmste nun tatsächlich passiert war und man sich wenigstens davor nicht mehr fürchten musste. Dass sie alles Erdenkliche (und auch Unerdenkliche) für Faizan getan habe, so ihre Kollegin in ihrem ständigen Bemühen, sie ein wenig aufzurichten. Sie, Julia, habe Heerscharen von Anwälten engagiert, habe Faizan geheiratet, die Hausbesuche von Herrn Zöllner ertragen. Sie habe nach der Abschiebung Briefe an den Bundesaußenminister und an andere Politiker geschrieben, habe Mahnwachen organisiert, Petitionen verfasst, ihm Geld geschickt – mehr könne sie jetzt nicht tun.

Julias Antwort: »Ihr habt nichts verstanden.«

Sie sah unendlich müde aus. Weihnachten war bereits vorüber. Die Tage waren für sie eine fortwährende Qual gewesen: die Weihnachtsfeiern in der Stadtbücherei, die Adventskränze, die Kinderkrippen, die Weihnachtslieder und Weihnachtsbäume, die Gottesdienste, die andächtig eilenden Menschen auf den Straßen. Ein Fernsehpfarrer sprach an Heiligabend die Worte: Maria, Josef und ihr Asyl. Denn nichts anderes sei eine Krippe. Sie sei eine Herberge, ein Geburtsort, ein gottgewolltes Asyl. Welche Türen sich öffnen, wenn Gott. Welche Kräfte sich auftun, wenn … Julia schaltete um. Und immer wieder aufs Neue schaltete sie um. Jedes Umschalten war ein Wegducken gewesen angesichts immer weiterer Weihnachtsbotschaften. Schließlich gelangte sie zu der Weihnachtsansprache des Bundespräsidenten: ein Schwall bedeutungsloser Wörter. Die Sprache verlor ihren letzten Sinn. Gehauchte Luft. Ein gesprochener Tiefschlaf. Jedes Wort schien Julia ein noch allumfassenderes Nichts. Und Weihnachten war kaum vorbei, da nahte bereits Fasching, mit einer gereizten Ungeduld und alles hinwegfegenden Wucht, wie eine zweite Welle des Hinwegtrampelns. Als wäre Weihnachten noch nicht genug.

Jeanette schlug vor, Julia solle die bevorstehenden Faschingstage doch auf El Hierro verbringen, der kleinsten der sieben Kanarischen Inseln. Sie war früher als Studentin manchmal dort gewesen, vor vielen, vielen Jahren, in einer Früh- und Vorzeit. Plötzlich erinnerte sich Julia wieder daran. El Hierro. Es gab ein Leben vor Faizan, mit Faizan und nach Faizan. El Hierro gehörte in die Vorzeit.

Sie schaute sich zusammen mit Jeanette Fotos von der Insel an, betrachtete winzig kleine Felsbuchten und terrassenförmig angelegte Teeplantagen. Es waren Blicke in eine andere Welt. Zum ersten Mal seit Wochen erlebte man bei ihr Momente von Aufgeschlossenheit: gegenüber sich selbst. Nach so langer Zeit wieder auf diese

Insel, auf die sie Faizan niemals hätte mitnehmen können. Ohne Aufenthaltstitel gab es für ihn keine Rückkehr. Man hätte ihn nicht mehr nach Deutschland zurückgelassen. Also war auch sie zu Hause geblieben. Ohne einen Gedanken an eine Urlaubsreise. Jahrelang. Sein verhindertes Leben war immer auch ihr verhindertes Leben.

Sie wollte mit Faizan darüber sprechen.

Worüber?

Über El Hierro.

Warum?

Ob das in Ordnung für ihn sei.

»Warum sollte es *nicht* in Ordnung sein?«

Er werde nach Pakistan abgeschoben, und sie fliege in den Urlaub.

Dass beides nichts miteinander zu tun habe, so Jeanette.

Dass es vielleicht doch etwas miteinander zu tun habe. Man fliege nicht so ohne Weiteres in den Urlaub, wenn der Ehemann soeben deportiert worden sei. Deportiert worden sei. Sie gebrauchte dieses Wort.

Jeanette: Dass es Faizan ja nicht einmal helfe, wenn sie *nicht* nach El Hierro fliege. Keine Minute früher komme er dadurch zurück. Beides habe nichts miteinander zu tun.

Es habe symbolisch etwas miteinander zu tun. Es habe menschlich etwas miteinander zu tun.

Für Jeanette war das ein pseudokausaler Zusammenhang. Nur weil ihr Mann, deshalb auch sie. Nur weil er leide, müsse auch sie leiden.

Sie sehe müde und erschöpft aus. So Jeanette. Es werde in den nächsten Monaten noch einiges auf sie zukommen, und dafür brauche sie einen langen Atem.

* * *

Dass man immer öfter das Personalpronomen *er* gebrauchte, wenn man von Faizan sprach, war Johannes aufgefallen, und er fragte sich, ob dem so war, weil er, Faizan, jetzt weit weg war, oder im Gegenteil, weil er nach wie vor allgegenwärtig war, jetzt vielleicht sogar noch gegenwärtiger als früher. In jedem Satz, in jeder Überlegung: Faizan. Beziehungsweise *er*. Er war ein Brennpunkt, ein Dauerton, ein Angstton. Wann immer auf dem Mobiltelefon des Bruders eine Nachricht von ihr einging, dann ging es um *ihn*. Eine neue Nachricht, eine neue Entwicklung, eine neue Sorge. Jede einzelne Nachricht war irgendwann nur noch ein Aufseufzen – nicht Julias Aufseufzen, sondern das ihres Bruders, denn es gab in diesen Nachrichten eigentlich keine andere Botschaft als einen ständigen Fluss an Angst, Ungewissheit, Traurigkeit und Resignation … Es tut mir leid. Ich weiß nicht wohin damit. So klangen ihre Nachrichten.

Wie viel Kraft das alles kostete. Und Lebenszeit. Und Geld. Und Gesundheit. Und all das nur, um einem einzigen Menschen einen Platz an einem bestimmten Punkt dieser Erde zu ermöglichen. In Immanuel Kants Worten: *Es ist hier nicht von Philanthropie, sondern vom Recht die Rede, und das bedeutet das Recht eines Fremdlings, nicht feindselig behandelt zu werden* – nur weil er sich in einem bestimmten Land aufhalten möchte. *Es ist ein Besuchsrecht, welches allen Menschen zusteht, sich zur Gesellschaft anzubieten vermöge des Rechts des gemeinschaftlichen Besitzes der Oberfläche der Erde, auf der als Kugelfläche sie sich nicht ins Unendliche zerstreuen können, sondern endlich sich doch nebeneinander dulden müssen, ursprünglich aber niemand an einem Orte der Erde zu sein mehr Recht hat, als der andere.* Was diese Sätze für einen Kraftakt bedeuten, einen jahrelangen Kraftakt, eine gelebte Entropie, ein Wandeln in Paragraphengefängnissen und ein Anrennen gegen endlose Paragraphenmauern. *Denmark is a prison.*

* * *

ALS SEIN MOBILTELEFON DIE nächste Nachricht von Julia meldete, da teilte sie ihm mit, sie habe mit Faizan gesprochen. Sie fliege über die Faschingsferien nicht nach El Hierro. Sie könne das nicht. Sie fliege stattdessen nach Pakistan. Sie habe den Urlaub bereits beantragt.

Ihm fiel keine andere Antwort ein, als sie zu fragen: ob sie sich das gut überlegt habe. Ob sie tatsächlich dort hinwolle.

Das sei keine Frage des Wollens, so Julia.

Sondern?

Stille.

Wie sie sich das vorstelle.

Sie stellte sich nichts vor.

Oder doch, im Gegenteil, sie stellte es sich in allen Einzelheiten vor. Sie stellte es sich nicht nur vor, sie hörte es, sie sah es, sie erlebte es tagtäglich in stundenlangen Telefonaten über Facebook und WhatsApp. Er schickte Fotos, zeigte ihr Filmsequenzen, wie er in seinem Land lebte: All das erschien ihr einerseits irgendwie möglich – und dann wieder undenkbar. Einerseits wirklich – und dann wieder völlig unwirklich. Wie aus einem Film. Man kann da leben. Und: Man kann keinesfalls dort leben. Er lebte (in einer Art Hütte) von seiner Familie getrennt, als eine nicht unbedingt erwünschte, weil deplatzierte Person. Man wusste mit ihm nichts Rechtes anzufangen. Er war in dem Dorf gar nicht mehr vorgesehen, galt als von Grund auf gescheitert, ein Mensch, der es in Europa nicht geschafft hatte … Der kein Geld mehr schicken konnte, der stattdessen nun aus Europa sogar Geld empfangen musste, dessen Langzeitinsulin aus Deutschland längst aufgebraucht war, der sich stundenlang täglich damit beschäftigen musste, irgendein notdürftiges Ersatzinsulin zu beschaffen, der sogar Mühe hatte, Spritzen und Injektionsnadeln zu bekommen … Der zu der Beerdigung seiner Mutter nicht gekommen war, aber jetzt plötzlich wieder hier war, ohne einen nachvollziehbaren Grund … Der seinem Land und seiner Familie fremd geworden war, so wie sein Land und seine Familie ihm fremd geworden waren … Der nicht wusste, was er dort überhaupt sollte, außer – in unerträglicher Hitze – unter dem Kommando eines cholerischen Vorarbeiters auf einem Feld zu arbeiten … Der die Abende am Telefon saß und Deutsch sprach … Der Heimweh hatte, und zwar Heimweh nach Deutschland … Der von seinem Chef im *Osmanischen Reich* immer wieder mit eindringlichen Worten angerufen wurde: Wann er wieder zurückkomme. Man vermisse ihn und seine Servierkunst dort schmerzlichst. Jeden Tag ein wenig mehr … So wie auch Faizan seine Kollegen und Freunde vermisste, an erster Stelle aber Julia … Der Sehnsucht nach ihr hatte, allein schon deshalb, weil sie es gewesen war, die die letzten Jahre mit ihm gewesen war, und niemand sonst. Sie war sein Daseinsmensch geworden. Ihr Dasein für sein Dasein, der nicht da sein durfte, wo er unbedingt sein wollte.

Das Gegenteil davon ist: abends nach Hause zu kommen – und niemand ist da. Keine Stimme, kein Gesicht, kein Ohr. Was immer ein solcher Mensch an Erlebtem nach Hause bringt – es wartet niemand.

* * *

SEIT WOCHEN HATTE SIE nichts mehr gehört, weder vom Ausländeramt noch vom Auswärtigen Amt noch von der Deutschen Botschaft. Referenznummer immer noch: 99773359. Und es dauerte nach wie vor eine Ewigkeit, bis er überhaupt nur einen Termin in der Botschaft bekommen würde. Es werde nun nach und nach alles versanden, so Julia, sich in Nichts auflösen, in eine Serie von Bedauern, Achselzucken und zunehmendem Schweigen – und dann Vergessen. Vergessen Sie es. So wie man einen Toten irgendwann vergisst.

Sie habe den Flug bereits gebucht.

Bei einer gespenstisch anmutenden Fluggesellschaft mit einem bizarren Namen. Ob das ihr Ernst sei. Wo sie dort wohnen wolle. Wie lange sie bleiben wolle. So ihr Vater, der Johannes zu all dem unablässig befragte, weil er selbst nicht mehr den Mut hatte, seine Tochter zu befragen.

Johannes wusste es nicht.

Er wusste nur, dass, wenn er versuchen würde, sie davon abzubringen, sie erst recht fahren würde, und wenn er es nicht versuchen sollte, sie ebenfalls fahren würde. Allein schon deshalb, weil er es noch nicht einmal versucht hatte, sie davon abzubringen. Es wäre also völlig einerlei, was immer er auch tun oder nicht tun würde.

Andere Leute fliegen nach Thailand.

So versuchten sie sich das zu erklären.

Vater und Sohn.

Es sei eigentlich eine Art Urlaubsreise. Für nur zehn Tage. Mit Absicht war das kurz und klar bemessen. Wie ein deutliches Zeichen. Auch gegenüber Faizan. Zehn Tage. Und nicht mehr. Über die Faschingszeit. Es wäre in gewisser Hinsicht Julias und Faizans erster gemeinsamer Urlaub.

Sie wollte in einem Hotel mit ihm zusammenwohnen. Es gibt in Islamabad zahlreiche Hotels, geradezu westlich anmutende Hotels: Das *Islamabad Marriott Hotel*, ein Fünf-Sterne-Hotel, das den Gast mit Highspeed-WLAN empfängt. Oder das *Islamabad Serena Hotel*, das mit einem Außenpool aufwartet. Das Problem bestand nur darin, dass diese Hotels um die 200 Euro pro Nacht kosteten, während die billigeren Hotels keine westlichen Hotels waren.

Dies nur nebenbei.

Ob man für die Einreise nach Pakistan kein Visum benötige. Anscheinend nicht. Während man von Pakistan aus jahrelang warten muss, um überhaupt nur einen Termin bei der Deutschen Botschaft zu bekommen, ist der Weg umgekehrt ganz einfach. Man steigt in ein Flugzeug, kommt dort an und schreitet durch den Zoll.

Der Vater versuchte, wenn man sie schon nicht aufhalten konnte, all dem wenigstens irgendeinen notdürftigen Sinn zu verleihen. Dass Faizan in einem dieser Fünf-Sterne-Hotels vielleicht sogar als Kellner arbeiten könnte, dank seiner Sprachkenntnisse (Deutsch, Englisch und ein wenig Spanisch) und seiner Gastronomieerfahrungen in Europa. Vielleicht könnte Julia als westliche Touristin ihm genau eine solche Stelle besorgen. Gewissermaßen auf dem kurzen Dienstweg. Schon allein deshalb könnte ihre Reise durchaus hilfreich sein. Als könnte sich alles doch noch irgendwie in Wohlgefallen auflösen. Während Johannes an Dürrenmatts Satz dachte, dass eine Geschichte genau dann ihre höchste Glaubwürdigkeit gewinne, wenn sie ihre schlimmstmögliche Wendung nehme. Er kannte das Leben kaum anders.

⋆ ⋆ ⋆

Kurz vor Julias Hochzeit hatte ihr Bruder sie noch mit den Worten zu trösten versucht, dass durch eine Ehe die Menschen- und Bürgerrechte ja noch nicht völlig außer Kraft gesetzt seien, dass das alles nur vorübergehend, ein einvernehmliches Provisorium sei. Er hatte selbst nicht daran geglaubt. Und er glaubte auch jetzt nicht daran. Er glaubte an gar nichts mehr oder nur noch an das Allerschlimmste. Seine Schwester passiert den pakistanischen Zoll – und sie ist: alles und nichts. In einer anderen Welt. Ohne Vorstellung. Ohne eine Ahnung. Ohne einen Plan. In einer Hütte. Oder in einem sinnlosen Hotel. Oder wo auch immer. In einer völligen Fremde. Orientierungslos, rechtlos, Eigentum des Mannes, der ihr alles verbieten könnte, selbst die Rückreise nach Deutschland oder das Hotelzimmer auch nur für wenige Minuten zu verlassen. Alle Rollen wären nun vertauscht. Oder zumindest neu verteilt: er daheim, sie weit fort. Er in einer Position von Macht, sie ihm ausgeliefert. Er der Ehemann, sie die Ehefrau, und das bis in die allerletzte Konsequenz. Er plötzlich ein anderer Mensch, sie nun gar nichts mehr, ein Schatten ihrer selbst – oder nur noch eine Erinnerung daran, dass er in Deutschland nicht bleiben durfte … Je länger Johannes darüber nachdachte, desto schlimmer wurde das alles. Er sah seine Schwester in verschlossenen Zimmern, in abgesperrten Hinterhöfen oder in unauffindbaren Kellerlöchern – bis er irgendwann an gar nichts mehr dachte.

Jeanette: ob sie sich das gut überlegt habe.

Julia: Ja.

Ob sie wirklich dort hinwolle.

Von wollen könne nicht die Rede sein. Sie gehe dorthin, weil sie ihn anders gar nicht sehen könne. Wo sonst könnte oder sollte sie ihn sehen. In Venedig? Oder in Wien? Sie betonte das Irrsinnige, das ihr Abgenötigte. Um die halbe Welt zu reisen, um mit ihrem Mann einen Spaziergang zu machen. Sie betonte es immer wieder.

Jeanette entgegnete, dass niemand sie zu einer solchen Reise (ins völlig Ungewisse) zwingen könne, noch nicht einmal sie sich selbst.

Julia: Sie zwinge sich nicht selbst. Der Staat zwinge sie. Das Ausländeramt zwinge sie. Herr Zöllner und seine Leute zwingen sie. In diesen Bahnen verliefen ihre Gespräche: endlos und kreisförmig. Sie wolle nicht, aber sie müsse. Und sie müsse, weil sie gar nicht anders könne. Das war der Refrain.

Sie habe es Faizan versprochen.

Jeanette: dass man seine Meinung auch ändern dürfe.

Vielleicht eine Meinung, aber kein Versprechen.

Dass man auch von einem Versprechen zurücktreten dürfe. So Jeanette. Zum Beispiel dann, wenn einen ein solches Versprechen überfordere.

Es überfordere sie nicht.

Oder wenn einem ein solches Versprechen abgenötigt wurde.

Es wurde ihr nicht abgenötigt.

Warum sie es ihm dann versprochen habe?

Wenn sie jetzt nicht dort hingehe, so Julia, dann könnte auch der Eindruck entstehen, dass man ihn abgeschrieben habe, dass man das so hinnehme, dass man das alles auf sich beruhen lasse, dass man insgeheim sogar erleichtert durchatme.

Ob sie denn insgeheim erleichtert durchatme.

Wie bitte?

Ob sie denn insgeheim durchatme.

Natürlich nicht.

Ob das wirklich ihre eigene Entscheidung sei.

Ja.

Oder ob sie unter Druck gesetzt werde.

Julia: Sie könne ihn in dieser Situation nicht allein lassen.

Jeanette: Man könnte es auch umgekehrt sehen. Ihr Mann könne sie in einer solchen Situation nicht einfach dazu auffordern, in ein Flugzeug zu steigen und ihm nachzureisen.

Er habe sie nicht dazu aufgefordert.

Sondern?

Er habe sie darum gebeten.

Für Jeanette war das eine Steigerung von Aufforderung.

Für Julia war es das nicht. Für sie war das ein Zeichen von Verbundenheit und Liebe.

Eine Weile sagte Jeanette nichts. Dann sagte sie: Wenn Faizan gegen seinen Willen in ein Flugzeug gesetzt und nach Pakistan geflogen werde, wie er dann dazu komme, genau dasselbe von ihr zu verlangen.

Er verlange es nicht.

Sondern?

Er bitte sie darum.

Er könne auch die Größe aufbringen, sie um so etwas erst gar nicht zu bitten, so Jeanette. Für einen Moment dachte sie daran, mit Faizan zu telefonieren, ihn zu fragen, wie er dazu komme, ihre Freundin um so etwas zu bitten.

Julia: Sie solle es nicht wagen.

Also wagte sie es besser nicht.

Sie saßen schweigend.

Julia: Sie halte diese unerträglichen Telefonate nicht mehr aus. Nur noch 38 Monate. Nur noch 37 Monate. Dann sehen wir uns. Ob sie ihm das jeden zweiten Tag sagen solle.

Nein.

Sondern?

Nichts.

Sie solle ihm also nichts sagen. Oder sich jeden Tag etwas Neues einfallen lassen, das man ihm zu seiner Beruhigung erzählen könnte: Die Krokusse blühen … Ein Nachbar lässt grüßen … Sie wolle diese unerträglichen Monatszahlen nicht mehr weiter herunterzählen. Das sei völlig absurd. Sie wollte Faizan das nicht antun. Sie wollte sich selbst das nicht antun: noch 36 Monate, noch 35 Monate, noch 34 Monate. Zahlen wie Haftstrafen. Oder wie intergalaktische Sternschnuppen, die irgendwann einmal kommen werden. Oder auch nicht. Sie wolle ihn sehen. Nach mehr als zehn Wochen. Schon diese ersten Wochen waren für sie eine Ewigkeit gewesen, eine Sahelzone, an Unwirklichkeit kaum zu überbieten. Sie wolle ihn sehen, ihn sich nicht nur irgendwie aus der Ferne vorstellen, sondern ihn berühren und ihm in die Augen schauen. Ob das so schwer zu begreifen sei.

Nein, nicht schwer zu begreifen …

Aber?

Nichts.

Julia: Was denn an Pakistan so schlimm sein soll?

Jeanette wusste es nicht.

Oder doch, sie schien es zu wissen: Dass das Land immerhin für Faizan schlimm genug gewesen war, es unbedingt verlassen zu wollen. So Jeanette. Und jetzt gehe sie, Julia, genau dorthin. Und: dass sie Faizan von Deutschland aus womöglich viel mehr helfen könnte als in Pakistan. Sie könne mit dem Ausländeramt verhandeln, zum Auswärtigen Amt gehen, mit Politikern sprechen, einen neuen Anwalt suchen.

Julias Antwort: Sie habe das alles schon gemacht. Es sei völlig zwecklos.

Jeanette: Was sie denn in Pakistan zu erreichen glaube. Sich in eine Warteschlange vor die Deutsche Botschaft zu stellen?

Zum Beispiel. Sie könne ihm auch einen Vorrat an Insulin bringen.

Jeanette: Sie könne ihm das auch schicken.

Ein Paket schnüren und etwas schicken – und damit sei es für sie gut?

Nicht gut.

Aber?

Nichts.

* * *

Später sagte Julia: Sie wolle sich von ihrem Mann nicht trennen lassen. So einfach sei das. Nein, es sei sogar noch einfacher: Niemand auf der Welt habe das Recht, sie von ihrem Mann zu trennen. Nicht einmal der deutsche Staat habe ein solches Recht. Ihn nachts abholen, in ein Auto setzen – und ihn irgendwo hinfliegen. Wie ein Paket. Sie werde das nicht hinnehmen. Wer würde so etwas hinnehmen? Noch nicht einmal ein gelangweiltes Ehepaar würde so etwas tun. Selbst die übelgelauntesten Paare würden zumindest Fragen stellen: Wie das? Mein Ehepartner nachts abgeholt? Ist das überhaupt erlaubt? Derlei Fragen. Sogar dann, wenn eine Beziehung schon lange am Ende wäre. Ich trenne mich von ihm. Er trennt sich von mir. Aber *wir* sind es, die das entscheiden, und niemand sonst – und schon gar nicht ein Staat. Menschen verlieben sich und sie entlieben sich, sie kommen zusammen und sie trennen sich – aus welchen Gründen auch immer, aus Liebe, Langeweile, Wut oder Verzweiflung, aber es sind immer noch sie, die sich trennen, und niemand sonst.

Johannes dachte an Shakespeares *Romeo und Julia*. Vielleicht hatte es ja eine Bedeutung, dass seine Eltern seine Schwester so getauft hatten. Aus welchen Gründen auch immer. In dem Prolog des Stücks ist die Rede von Romeo und Julia als einem sternengekreuzten Paar, *a pair of star-cross'd lovers*, auf ihrem fatalen Weg: fatal im Sinne von tödlich, aber auch im Sinne von schicksalhaft und unabwendbar. Unabwendbarkeit ist das Wort. Es war alles schon längst entschieden.

Nachts träumte er, dass seine Schwester verschwunden und nirgendwo mehr zu finden war (alle suchten nach ihr) und dass sich Faizan nun an ihn, den Bruder, mit der Frage wenden würde, was denn nun werden solle, mit seiner Rückkehr nach Deutschland und mit seinem Visum. Als wäre Johannes der Nachfolger der Schwester, ein Familien- oder Rechtsnachfolger, der für seinen Schwager nun in jeder Hinsicht zuständig sei, als eine Art Adoptivvater oder Adoptivbruder – oder zumindest als Schwager. Es war ein Albtraum.

In immer neuen Varianten dachte er an Dürrenmatts Satz, dass eine Geschichte dann ihre höchste Glaubwürdigkeit gewinne, wenn sie ihre schlimmstmögliche Wendung nehme.

Wenn ihr etwas in Pakistan zustoße, er könne in kein Flugzeug steigen und ihr helfen. Bei ihrer letzten Begegnung hatte Johannes das seiner Schwester in aller Offenheit gesagt. Er war es leid – auch er war unendlich müde. Und dann hatte er noch hinzugefügt: Wenn sie glaube, nach Pakistan fliegen zu müssen, dann müsse sie es wohl tun.

Wie bitte?

Wenn sie tatsächlich glaube, nach Pakistan fliegen zu müssen, dann müsse sie es wohl tun.

Für einen Moment hatte er bei ihr ein Innehalten gespürt, ein Wanken und einen unendlichen Widerwillen: Dann muss ich es wohl tun. Als wäre sie (und gar nicht

Faizan) die eigentliche Leidtragende, das jahrelange Opfer. Sie schien kurz davor, alles infrage zu stellen. Doch dann raffte sie sich zusammen und sagte: »Ja, dann muss ich es wohl tun.«

Später tat ihm dieser Satz unendlich leid. Er hatte alles auf die Wirkung dieses einen Satzes gesetzt. Jetzt gab es kaum mehr etwas zu sagen. Außer auf einen spektakulären Gerichtsentscheid zu hoffen. Oder auf eine Nachricht des Auswärtigen Amtes, dass Faizan vielleicht doch noch einen baldigen Termin bei der Deutschen Botschaft bekommen werde. Warum sollte er. Nicht einmal der Anwalt glaubte mehr daran.

Es gab kaum mehr etwas zu sprechen, außer dass Johannes nun selbst zum Ausländeramt ging, um der zuständigen Beamtin mitzuteilen, dass seine Schwester vorhabe, nach Pakistan zu reisen. Ob man jetzt zufrieden sei.

Die Beamtin fühlte sich für diese Wendung nicht zuständig.

Wer denn dann zuständig sei.

Eigentlich niemand.

Sie drückte Bedauern aus, setzte darauf, dass er seine Schwester vielleicht noch umstimmen könnte, teilte ihm mit, dass Herr Zöllner im Augenblick unterwegs sei. Er mache Hausbesuche.

Hausbesuche?

Jawohl.

Ob es möglich sei, bei Herrn Zöllner einen Termin zu bekommen.

Er sei sehr beschäftigt. Was er von ihm wolle.

Es fehlt, so schrieb einmal Hannah Arendt, einem solchen Menschen jede *Vorstellungskraft* …

Wie bitte?

Es fehle ihm die Vorstellungskraft.

Wofür?

Für das, was er entscheide und anordne. Nur das wollte er ihm mitteilen. Von wegen Scheinehe. Kaum ein Mensch lebe ihre Ehe in größerer Konsequenz als seine Schwester. Das wollte er noch sagen. Sonst nichts.

* * *

Das Wort Scheinehe ging ihm nicht mehr aus dem Kopf. Je öfter er sich umschaute, desto scheinhafter wirkten all die Männer neben ihren Frauen oder die Frauen an der Seite ihrer gelangweilten Männer. Gewohnheitsschein, Gefühlsschein, Kerzenlichtschein. Er war kurz davor aufzustehen und sie zu fragen: Ist das eigentlich eine Ehe oder nur Schein? Eine Scheinehe. Marionettenhafte Nachzuckungen verblasster Momente. Er heiratet zum Schein, sie heiratet zum Schein, sie alle heiraten zum Schein.

Zweierlei Arten von Scheinehe gibt es: die, derer man sich schmerzlich bewusst ist, jeden Tag aufs Neue, und die, die man ahnungslos lebt, bis zuletzt – dachte er. Er dachte es am Grab seiner Mutter. Sie war sich des Scheins wenigstens von Anfang an bewusst gewesen.

Er legte Blumen auf ihr Grab.

Als junge Frau hatte sie am Konservatorium Geige und Klavier studiert und das irgendwann aufgegeben. Ob sie es aufgegeben hatte, weil sie geheiratet hatte, oder geheiratet hatte, weil sie es aufgegeben hatte oder es aufgeben wollte – womöglich wusste sie es selbst nicht. Oder sie wollte es gar nicht wissen. Sie war verheiratet und immer mehr verstummt. Ihre Instrumente standen unberührt im Keller. Manchmal weinte sie. Aus dem Nichts. Oder sie saß still in einer Ecke. Einige wenige Male spielte sie auf ihrem Klavier, fast flehentlich. Es waren Ouvertüren zu ungeahnten Welten. Die Wiedergeburt einer lebendig Begrabenen. Wie das Leben sein könnte. So klang das.

Für einen Augenblick sah Johannes sie mit einer ausgestreckten Hand an seiner Seite. So wie früher manchmal. Nicht so traurig zu sein. So hatte sie ihn manchmal angeblickt. Weil sie selbst meist traurig war. Doch in manchen Momenten konnte sie auch aufblühen. Von einem Augenblick zum nächsten konnte sie alles umwandeln, nicht nur ihr Leben, sondern die ganze Welt. Es war eine Gedankenwelt, voll der Bücher, literarische oder philosophische Bücher, die sie stapelweise um sich gelegt hatte, wie einen Schutzwall. Bücher, die sie vielleicht nicht in jeder Hinsicht verstand und auch gar nicht unbedingt in allen Einzelheiten verstehen wollte, aber von denen sie sich verstanden fühlte. Nur darum gehe es. Sich manchmal verstanden zu fühlen. Wenn schon nicht im Leben, dann wenigstens in Büchern.

In manchen Büchern hatte sie sich handschriftliche Notizen gemacht, mit denen sie mit den Autoren eine Art

Gespräch begann. Fragen über Fragen – und Antworten. Teilweise überbordend: Jeder, so eine Notiz, möge darin bewahrt werden, wer er sei oder sein wolle oder sein müsse. Jeder möge aber auch darin bewahrt werden, wer er *nicht* sei, *nicht* sein könne und niemals sein wolle. Für sie waren das Lebenssätze, an die sie sich nicht gehalten hatte.

Nach ihrem Tod fand er all diese Notizen: über das Neinsagen, die Poetik des Augenblicks, über die Musik und über den idealen Ehemann – er heiratet erst gar nicht. Er legte diese Notizen zu ihren Briefen, die sie ihm während seines Studiums geschrieben hatte, und sei es nur deshalb, damit er, wenn er einen Briefkasten öffnete, etwas darin findet.

Er sah die Sanftheit ihrer Handschrift in ihren Notizen, und es schien ihm, als würde darin ihre Musik zum Vorschein kommen, all ihre Vorstellungen von der Musik, niedergeschrieben, in ihrer ganzen Zerbrechlichkeit. So zerbrechlich wie sie selbst gewesen war. Ein Leben lang. Für ein Leben auf dieser Welt zu zerbrechlich. Wenn nicht schon von Anfang an gebrochen. Am Rande der Welt, am Rande der Familie, am Rande ihrer selbst. Denn das Kostbare ist zerbrechlich, so wie alles Zerbrechliche kostbar ist.

Erst wenn ein Mensch tot ist, vermisst man ihn wirklich. Auch diesen Gedanken fand Johannes in ihren Notizen: Einen Menschen, der lebt, kann man noch irgendwie hinauszögern, vertagen oder ersetzen. Erst wenn er tot ist, wird er unersetzlich. Er war jetzt mehr oder weniger allein.

* * *

Vielleicht war El Hierro der entscheidende Fehler gewesen. Indem sie Faizan mitgeteilt hatte, sie fliege über die Faschingsferien nach El Hierro, war das wie eine Steilvorlage für die Gegenfrage gewesen: Warum sie stattdessen nicht zu ihm nach Pakistan fliege. Wenn sie in die eine Richtung fliegen könne, so könne sie genauso gut auch in die andere Richtung fliegen.

* * *

Drei Tage später teilte sein Vater ihm mit, dass Julia nun in Pakistan sei. Er hatte bereits mit ihr telefoniert, über den Messenger-Dienst bei Facebook. Eine Nachbarstochter hatte ihm dabei geholfen, ihm ihr Smartphone zur Verfügung gestellt. Er war erstaunt, wie gut die Verbindung gewesen war. Sie hätte auch in der Schweiz oder in Österreich sein können. Nach dem langen, fünfzehnstündigen Flug (mit Zwischenlandungen) sei sie noch müde, aber es gehe ihr gut. Sie sei zusammen mit Faizan in einem kleinen Hotel im Osten Islamabads. Der Vater hatte sich bereits kundig gemacht: Die Stadt sei nicht so groß, wie er befürchtet hatte. Sie habe kaum mehr als eine Million Einwohner, sei erst in den Sechzigerjahren gegründet und gebaut worden, also eine Kunststadt in der Art wie Brasilia oder Ankara. Wohnort des Islam. Das heiße Islamabad übersetzt. Die Stadt sei für pakistanische Verhältnisse ruhig und sauber, hatte der Vater in einem

Reisebüro in Erfahrung gebracht. Für ihn war das immer noch eine Art Urlaubsreise oder Kennenlernreise. Sie wolle, so der Vater gegenüber Nachbarn, das Land ihres Mannes einfach einmal kennenlernen: die Faisal-Moschee, das Jinnah-Stadion, den Saudi-Pak Tower – und natürlich die Deutsche Botschaft, die sie bei dieser Gelegenheit gemeinsam mit Faizan aufsuchen werde. Vielleicht in der Hoffnung, dass man durch ihr persönliches Erscheinen in der Botschaft etwas beschleunigen könnte – oder um zumindest ein Zeichen zu setzen.

Nach einigen Tagen meldete sie sich bei ihrem Bruder. Sie schickte ihm Fotos. Faizan neben Julia. Oder Faizan mit einem neu gekauften Cricketschläger an ihrer Seite. Sie waren schon gar nicht mehr in Islamabad, sondern weiter im Norden, auf dem Weg nach Lahore. Im Hintergrund sah man die Gebirgswand des K2, den zweithöchsten Berg der Welt, der mit seinen 8611 Metern jedes Foto beherrschte. Faizan trug ein einheimisches Obergewand, einen Kaftan. Sie waren mit einem Motorroller unterwegs. Johannes betrachtete die Fotos und fragte sich, was er auch seine Schwester schon lange hatte fragen wollen: Ob sie Faizan in jeder Hinsicht kenne. Jahrelang können wir mit einem Menschen zusammenleben, ohne ihn wirklich zu kennen. Vielleicht hätte sie geantwortet: Man liebe ja genau den oder das, was man eigentlich gar nicht wirklich kenne. Das müsse er doch wissen.

Auf einem anderen Foto sah er Faizan neben einer verschleierten Frau. Erst Minuten später bemerkte er, dass das Julia war. Ob das nun ein Scherz war oder ihr Ernst. Es sei ein Scherz, schrieb sie ihm später. Was denke er überhaupt.

Er dachte alles und er dachte nichts.

Dass sie sich ein *Salwar Kameez* gekauft habe, teilte sie ihm später mit, ein traditionelles, bunt gesticktes Gewand. Sie wirkte darin freier und luftiger als vermutet – wie ein Bild aus einem Ökobauernhof der Achtzigerjahre. Damit fuhren sie durch das Land, durch spektakuläre Flusstäler und Berglandschaften. Wo immer sie auch hinkam, sie war ein Blickfang, schon allein kraft der Farbe ihres Haars – oder durch den Umstand, dass sie mit Faizan verheiratet war. Ein Pakistaner mit einer deutschen Frau verheiratet. Es war ein Paukenschlag. Von einer anderen Welt. In den Dörfern war sie von Einheimischen umringt, die Fotos von ihr machten oder Selfies zusammen mit ihr. Sie war eine leuchtende, großgewachsene Frau. Das wechselseitige Erstaunen und die Begeisterung auf diesen Fotos. Es war deutlich zu sehen. Sie (aus dem Nichts) in diesem kleinen Dorf. Man konnte es kaum glauben, bewahrte und umrahmte diesen Moment für die Ewigkeit.

Sie berichtete von den gastfreundlichsten Menschen, die sie je erlebt hatte: gastfreundlich, warmherzig und respektvoll. Auch die Männer. Eigentlich nur die Männer, da Frauen in der Öffentlichkeit kaum vorkamen, und wenn doch, dann nur verschleiert, an den Rändern des Alltags. Umso mehr war Julia eine wundersame Ausnahme, jenseits aller Gesetze und Schwerkräfte. Kein Ausländeramt, kein Herr Zöllner, kein Abschiebeinteresse der Bundesrepublik Deutschland weit und breit. Nur der K2.

Der Motorroller ging kaputt. Es gab keine Ersatzteile, also fuhren sie mit dem Bus weiter. Mitten auf der Strecke hielt der Busfahrer an, um Julia ein Eis zu kaufen. Auf einem Dorfplatz spielte sie mit Jugendlichen Cricket, mit Faizans neuem Cricketschläger. Erst jetzt fing sie an, das Spiel zu begreifen. Sie berichtete das in kurzen, verstreuten Messenger-Nachrichten oder SMS-Botschaften. Ihre Botschaften waren freundlicher und zuversichtlicher, als Johannes das vermutet hätte. Auch versöhnlicher. Viele Einheimische schienen sich entschuldigen zu wollen, für all das, was Julia in diesem Land schon widerfahren war oder ihr noch widerfahren könnte. Sie taten das in einem heiligen Ernst, auf Wiedergutmachung bedacht, obgleich gar nichts geschehen war, für das man sich hätte entschuldigen oder das man hätte wiedergutmachen sollen. Im Gegenteil. Als wollte man ihr die Welt zu Füßen legen. So behandelte man sie.

Später fiel ihrem Bruder auf, dass von Faizans Familie in all diesen Nachrichten nie die Rede gewesen war – nur von einem Bruder, der sie gelegentlich mit einem Auto fuhr, bis auch dieses Auto irgendwann den Geist aufgab. Ansonsten kam die Familie nicht vor. Keine Begrüßungsfeier, kein Besuch, kein Aufeinandertreffen, kein gar nichts. Als wäre die Ehe mit Julia ein Sakrileg, der Familie nicht zumutbar – aus welchen Gründen auch immer: Weil sie aus dem Westen kommt. Weil sie zehn

Jahre älter ist als er. Weil Faizan trotz dieser Ehe wieder nach Pakistan zurückkehren musste und kein Geld mehr schicken konnte. Oder weil seine Familie gar nichts von einer Ehe wusste.

Nirgendwo gab es Alkohol. Zwischen all den Fotos, die sie schickte, betonte sie diesen Umstand: Sie saßen in stundenlangen Mahlzeiten, für nur einen oder zwei Euro, unter freiem Himmel, aber es gab dazu keinen Tropfen Alkohol, oder nur an wenigen ausgesuchten Orten, in Fünf-Sterne-Hotels (die es nirgendwo auf dem Land mehr gab) oder in speziellen Clubs. Er sah sie Tee trinkend. Zum ersten Mal seit langem.

Immer wieder dachte er an die berühmten Sätze aus Nietzsches Zarathustra: das Leben als ein gefährliches Hinüber, ein gefährliches Auf-dem-Wege, ein gefährliches Zurückblicken, ein Übergang und Untergang. *Ich liebe die, welche nicht zu leben wissen, es sei denn als Untergehende, denn es sind die Hinübergehenden.* Bei diesen Sätzen ahnte er, dass seine Schwester wohl nicht zurückkehren würde. Wohin auch? Und warum? Und zu welchem Zweck? Um ihren neuen Anwalt aufzusuchen, mittlerweile war es der vierte, der ihr kurz vor der Abreise noch versichert hatte, er werde den Fall noch einmal neu aufrollen, ihn in ganz andere Bahnen lenken, mit einer ganz neuen Schlagkraft und Wucht.

Immer deutlicher reifte bei ihm die Ahnung, dass seine Schwester ihren Rückflug gar nicht antreten würde. Wie sollte das gehen? Die Fahrt zum Flughafen wäre ein sich endlos hinziehender Vorgang. Eine Unmöglichkeit.

Mit jedem Kilometer würde das Taxi noch ein wenig langsamer fahren, langsamer und immer langsamer, bis es irgendwann ganz stehenbleibt. Er ahnte die Gespräche, die sie mit Faizan dann führen würde, in immer ausweichenderen Sätzen – Halbsätze, Viertelsätze und irgendwann gar keine Sätze mehr. Am Ende würde sie diese Gespräche nur noch mit sich selbst führen: Wann sie wiederkomme. Wann sie sich wiedersehen. Ob sie sich überhaupt jemals wiedersehen.

Johannes hörte die Panik in Faizans Stimme, die hinter einer immer verzweifelter werdenden Jovialität hervorbrechen würde, gepaart mit der völlig unrealistischen Hoffnung, dass er einfach mit ihr in das wartende Flugzeug steigen könnte. Es stand bereits auf dem Rollfeld. Zum Greifen nahe. Er müsste einfach nur noch einsteigen.

Er sah, wie er Julia umarmen würde, immer fester und noch fester, bis sich seine vielfach ineinander verhakten Hände von ihr gar nicht mehr lösen ließen und sie ihm irgendwann sagen würde: Sie bleibe.

Wirklich?

Ja.

Wenigstens für einige Monate.

Und er das zunächst gar nicht glauben würde, bis dann schließlich das Flugzeug ohne sie starten und am Horizont verschwinden würde, während sie immer noch bei ihm stünde.

Die Stadtbücherei war weit weg, schon gar nicht mehr von dieser Welt.

⋆ ⋆
⋆

All das war vor dem Ausbruch der Corona-Pandemie geschehen, die zunächst noch (so wie Pakistan) weit weg war, gar nicht von dieser Welt, oder nur an den Rändern unserer Welt (China, Korea, Japan), bevor das Virus dann näher und immer näher kam, nach Italien, Österreich und schließlich auch nach Deutschland. Die schleichende Schnelligkeit, mit der das geschah, zeitlupenhaft, wie bei einem Autounfall, während es eigentlich rasend schnell ging: die Absage von Fußballspielen, das Verbot größerer Veranstaltungen, das Verbot kleinerer Veranstaltungen, irgendwann dann jeder Form von Veranstaltung. Zuerst in Italien, dann in Österreich, dann in Deutschland. Die Unwirklichkeit von all dem. Eine immer unwirklicher werdende Wirklichkeit und wirklicher werdende Unwirklichkeit. Der Fall der Börse ins Bodenlose. Als wäre all das nur ein Film. Der Stillstand ganzer Länder. Die immer weiter steigenden Infektionszahlen. Wie in einer Tankuhr rasten die Zahlen. Was auch getan oder nicht getan wurde – es stiegen die Zahlen. Die Vergeblichkeit von all dem. Sie erinnerte ihn an Faizans und Julias Vergeblichkeit der vergangenen Jahre. Sie waren jetzt – wenigstens in dieser Hinsicht – nicht mehr allein.

Ein DNA-Code, der sich durch die Menschheit fraß. Ohne Absichten und ohne Rücksichten, ohne Sinn und Verstand – und ohne Grenzen. Johannes dachte an das englische Wort *coronation*. Die Krönung von all dem. All das, was bereits geschehen war, und jetzt auch noch Corona. Die Krönung allen Unglücks.

Von immer näher rückenden Risikogebieten war die Rede. Von allen Seiten kamen sie näher, bis Deutschland selbst ein Risikogebiet war, ein hochgesteigertes Risikogebiet. Ohne dass man das überhaupt bemerkt hatte. Von einem Moment zum nächsten war man es. Plötzlich durfte man selbst nicht mehr reisen. Plötzlich gehörte man selbst zu denen, die bislang nur die anderen waren: infiziert, virulent, unerwünscht und krank.

Nur noch zeitlupenhaft bewegten sich die Menschen, in ausweichenden, sich belauernden und umkreisenden Bewegungen. Wie unter Drogen oder in Watte gepackt. Jeder schien ein potentielles Opfer. Oder ein potentieller Täter. Ein Mensch zu viel.

Die Supermärkte wirkten wie Grenzübergangsstellen: mit Pfeilen, Warnschildern und sich penibel verzweigenden Markierungen – und gelb gekleidetem Sicherheitspersonal. Bis hierher und nicht weiter. Aus Kassen wurden Grenzlinien, aus Kassierern Schalterbeamte – hinter Plexiglas verpackt. Auf einmal waren sie systemrelevant. Mit abwinkenden Gesten und immer lauter werdenden Ermahnungen. Es muss einmal gesagt sein. So sprachen sie. In einem gänzlich neuen Ton. Die Kunden waren nun keine Kunden mehr, sondern Untertanen.

Infizierte und Nichtinfizierte. Systemrelevant und nicht systemrelevant. Erst waren die Infizierten kaum mehr als die Einwohnerzahlen von Dörfern oder Kleinstädten – irgendwann waren es Großstädte.

Er las Joseph Roths Roman *Hiob. Dass Gottes Schläge einen verborgenen Sinn haben.* Er konnte den Sinn nirgendwo finden, weder einen göttlichen noch einen menschlichen. Nicht einmal in Julias Wohnung konnte er einen Sinn finden. Er war in ihrer Wohnung, um dort nach der Post zu sehen. Auf einem Zettel las er die Worte: *Duldung, Gestattung, Erlaubnis …* Alle Sicherungen im Sicherungskasten waren ausgeschaltet. Er goss ihre Pflanzen und öffnete den Briefkasten. Selbst jetzt fanden sich dort noch Anwaltsrechnungen. *Für meine Bemühungen erlaube ich mir zu berechnen …* Und der Anwalt berechnete. Johannes ging nach Hause und schaute Fernsehen. Er war ein vereinzelter Mensch, seit Corona noch mehr als zu jedem früheren Zeitpunkt. Womöglich würde er in den nächsten Jahren keinen Menschen mehr berühren können. Jedenfalls nicht mehr leibhaftig. Nicht einmal mehr ein Händedruck. In einem entlegenen Fernsehkanal sah er Folge auf Folge der *Schwarzwaldklinik*. Wenigstens für Stunden konnte er damit in eine andere Welt abgleiten, in eine Welt gütiger Ärzte, hingebungsvoller Krankenschwestern und heilbarer Krankheiten. Als ob die Zeit des medizinischen Fortschritts rückwärtslaufen würde.

Jeden Tag betrachtete er die größer werdenden Punkte, mit denen sich das Virus auf den Weltkarten ausbreitete, wie Einschüsse. Die Punkte in Pakistan waren noch nicht so groß wie die benachbarten Punkte. Doch zum ersten Mal überkam Johannes das Gefühl, dass diese Punkte für Julia auch zu viel werden könnten.

Er schickte Fotos ihrer Wohnung und erklärte, es sei alles in bester Ordnung.

Wirklich?

Ja.

Die Anwaltsrechnungen erwähnte er lieber nicht. Beinahe hätte er ihr geschrieben: Er habe zufällig auf der Straße die Leiterin der Stadtbücherei getroffen. Sie habe ihm versichert, dass sie alles unternehmen werde, um Julias Stelle freizuhalten. Julia antwortete: Er solle sich keine Sorgen machen. Es sei alles nicht so schlimm. Und er wusste nicht, was sie damit meinte: das Virus oder Pakistan oder ihre Lage? Zum ersten Mal seit Jahren fragte sie ihn: Wie es ihm gehe? Im Geiste wiederholte er diese Frage. Wie es ihm gehe? Die Frage kam wie aus einer anderen Welt, zu der er schon seit langem nicht mehr gehörte. Wie es ihm gehe? Darauf wusste er keine Antwort, außer ihr ein Foto von einer Blumenwiese zu schicken, die direkt hinter seiner Wohnung lag, eine Wiese des beginnenden Frühlings. Im Hintergrund sah man die Silhouette der Stadt. Es war ja auch ihre Stadt. Sie dagegen sendete Fotos von feuerroten Bäumen, Affenblumenbäume, die in Pakistan in etwa das seien, was in Deutschland Tannenbäume sind. Sie erwähnte noch: Wie heiß es in Pakistan sei, eine Hitze, mit der sie nicht gerechnet hatte und die sie kaum aushalten konnte. Alle, so Julia, kümmerten sich um sie, reichten ihr Wasserflaschen und kühle Getränke. Später schickte sie ein Foto von Faizan und sich, Arm in Arm. Als hätten sie sich soeben geküsst.

Dann hörte er nichts mehr von ihr. Erst nach einigen Tagen bemerkte er das, nachdem seine Nachrichten über den Messenger-Dienst immer länger unbeantwortet blieben. Sie waren auch vorher schon tageweise unbeantwortet geblieben, doch die Tage ihres Entschwindens wurden nun mit jeder Stunde deutlicher.

Er versuchte es über Facebook und als SMS. Keine Reaktion. Auch nicht, nachdem seine Nachrichten nun fragender wurden: Wo sie sei? Was sie mache? Wie es ihr gehe? Er achtete darauf, dass seine Fragen nicht zu drängend wirkten. Womöglich wirkten sie trotzdem drängend.

Später wählte er ihre Nummer. Er wählte sie mit dem Gefühl, dass sie irgendwann seinen Anruf annehmen und sie miteinander sprechen würden. Als wäre das die normalste Sache der Welt. Miteinander sprechen. Er geriet an ihre Mailbox – wusste nicht, ob er eine Nachricht hinterlassen sollte. Und in welchem Ton er eine solche Nachricht hinterlassen sollte. Jedes Wort, das er sprach, schien ihm verfrüht oder verfehlt.

Am nächsten Tag probierte er es auf Faizans Handy. Ihm fiel auf, dass er diese Nummer noch nie gewählt hatte. Man könnte auch sagen, dass er diese Nummer stets gemieden hatte. Warum auch immer. Nun versuchte er es. Tief atmend und gebeugt auf einem Stuhl sitzend. Kein Anschluss unter dieser Nummer. So oder so ähnlich klang die Antwort. Irgendetwas dieser Art, nur auf Englisch – unendlich gewunden und verklausuliert. Fast schien es, als wäre das weit mehr als nur eine technische

Ansage, als würde man ihm, dem Bruder, nun mitteilen: Für Anrufe sei es zu spät.

Zahlreiche Möglichkeiten, dachte er, wie man Faizan sonst noch erreichen könnte: über die internationale Auskunft, über die sozialen Medien und auf anderen Wegen. Johannes war erst am Anfang seiner Möglichkeiten. Seine Bemühungen verliefen nicht schlagartig, sondern eher kontinuierlich, mit dem Vorsatz immer noch einige Optionen offen zu lassen, bis alle Möglichkeiten irgendwann aufgebraucht waren – und er es dann wieder bei seiner Schwester versuchte. Er versuchte es behutsam, zurückhaltend, beiläufig, dann immer direkter, offener, regelmäßiger – man könnte auch sagen: in einem fort. Als er seine Nachrichten an sie später noch einmal las, da erkannte er sie kaum wieder, derart beunruhigt und verzweifelt wirkten sie – sogar auf ihn selbst.

Regungslos saß er an seinem Schreibtisch. *Und? Was sagst du nun, leuchtendes Beispiel?* Hörte er seine Schwester sagen. Irgendetwas dieser Art. Aus den Tiefen ihrer Jugend und Kindheit gesprochen. *Was sagst du nun?* Er sagte nichts. Zum ersten Mal sah er so etwas wie ein Ende – ein Ende seiner Kraft und ein Ende seiner Möglichkeiten, selbst ein Ende seiner Fähigkeiten zur Sorge und zur fortwährenden Angst. Er sagte nichts.

* * *

WARUM SIE NICHT EINFACH nach den Ferien zurückgekehrt war, so der Vater. So wie sie ihm das versprochen hatte. Immer wieder sprach er davon. Dann wäre es eine Urlaubsreise gewesen, eine etwas ungewöhnliche Urlaubsreise. Jetzt war es etwas völlig anderes.

Für den Vater war es das Coronavirus gewesen, das die Rückreise vereitelt hatte, und nichts sonst, nicht Julia oder Faizan oder irgendetwas anderes, sondern Corona, die Krönung allen Unglücks. Schon seit Stunden saß er am Telefon und rief das Auswärtige Amt an. Er wurde verbunden und immer weiterverbunden, bis die Leitung irgendwann wegen Überlastung verstummte, und er wieder von vorne anfing. Er verwechselte die Stimmen von Anrufbeantwortern mit menschlichen Stimmen, deutsche Stimmen mit englischen Stimmen. Sobald er eine Stimme hörte, fing er an zu sprechen, als wäre das seine letzte Chance, irgendetwas zu sagen. Seine Sätze überschlugen sich: seine Tochter, das Asylverfahren, die Ehe mit Faizan, das Ausländeramt, die Abschiebung … Er wurde weiterverbunden, mit Musik vertröstet, bis er wieder eine neue Stimme hörte und er unvermittelt weitersprach, immer schneller werdend, als gelte es, diesen einen Moment zu nützen, um Julias Fall noch einmal vorzutragen … – und er merkte, dass auch diese Stimme nur eine vorübergehende Stimme war, die ihn irgendwohin weiterleitete, bis die Leitung dann irgendwann für immer verstummte.

Er stellte den Wecker auf zwei Uhr nachts. Dass man um diese Uhrzeit vielleicht weiter in dem Amt vordringen könnte. So hoffte er. Er schleppte sich vom Bett ins Wohnzimmer und presste die Wahlwiederholungstaste, eine Ewigkeit, wie eine Notruftaste, bis er an einen Mitarbeiter gelangte, der ihn *nirgendwohin* weiterleitete. Zu seiner großen Überraschung blieb der Mitarbeiter in der Leitung und hörte ihm zu, minutenlang, unterbrochen von nur wenigen gezielten Fragen und Nachfragen: Name, Geburtsdatum, Reisedaten der Tochter. Noch Stunden später hörte Julias Vater den Klang dieser Stimme. Wie ein Neuanfang hatte sie geklungen. Es mag alles schlimm sein, aussichtslos schlimm, doch wir fangen jetzt noch einmal von vorne an. So klang das. Beginnend mit der Frage, warum Julia überhaupt in Pakistan sei. In diesen Zeiten. Was sie dort mache? Und Julias Vater wusste darauf zunächst keine flüssige Antwort, weil das alles viel zu viel für ihn war, nicht nur die letzten Tage und Wochen, sondern all die Jahre. Was sie dort mache? Er erzählte es. In sich überschlagenden Sätzen. Stakkatoartig. Wie lange das nun schon gehe. Die Geschichte seiner Tochter mit Faizan. Seit Jahren. Einem einzigen Menschen einen Platz zu gewähren. In diesem Land. Eine winzig kleine Ritze von Aufenthalt. Welcher Aufwand betrieben werde, genau das zu verhindern. Ein jahrelang sich zu einer ungeheuren Wand auftürmender Aufwand. Eine Berliner Mauer. Wo das alles hingeführt habe. Bis zu dem Punkt, dass seine Tochter nun in Pakistan sei. Und er sie vielleicht nie mehr wiedersehe …

Er erzählte, so wie er schon lange nicht mehr erzählt hatte, wie er vielleicht noch nie in seinem Leben etwas erzählt hatte, und der Mitarbeiter im Auswärtigen Amt, er hörte nicht weg, sondern er hörte zu, ohne zu widersprechen, ohne zu unterbrechen. In immer neuen Anläufen sprach Julias Vater. Jeder Satz war ein Dammbruch: Es sei nur noch Not. Nichts Freiwilliges sei mehr im Leben seiner Tochter gewesen, sondern eine getriebene Not. Nicht die eigene, sondern die Not eines anderen, die irgendwann zur eigenen Not wurde. Das sei eine Ehe. Einer trage des anderen Not. Von wegen Scheinehe. Alles andere als eine Scheinehe. Alles sei aufeinander bezogen gewesen. Die ganze Zeit. Was man Faizan angetan habe, das habe man auch *ihr* angetan. Wenn seine Rechte verletzt wurden, dann gleichzeitig auch ihre. Wenn man ihn aus dem Land geschafft hatte, dann am Ende auch sie …

Beinahe war es Julias Vater so erschienen, als hätte der Mitarbeiter des Auswärtigen Amts (er hieß Herr Müller) so etwas wie Bedauern ausgedrückt. Als hätte er gesagt: Das sei ja furchtbar. Oder unendlich traurig. Er versprach, zu helfen. Er wollte Julias Daten an die Botschaft in Pakistan weitergeben. Und das so schnell wie möglich und vordringlich. Er bat noch um ein Foto von ihr. Zum Ende des Gesprächs hatte man sogar über die allgemeine politische Lage in Indien und Pakistan gesprochen. Wie in einer Art Kamin- oder Fachgespräch. Ein Gespräch größten Einvernehmens. Als wäre Julias Vater nicht irgendjemand, sondern längst eingeweiht, nach einem so langen Gespräch.

Dass man Julias Daten bereits an die Deutsche Botschaft weitergegeben habe. So der Vater am nächsten Morgen. Er wirkte nun ruhiger. Geradezu zuversichtlich. Dass das Auswärtige Amt ein anderes Amt sei als das Ausländeramt. Völlig anders. Kein Dorfamt, sondern ein Weltamt. Aufgeschlossener, weltläufiger, menschenfreundlicher.

Herr Müller habe ihm versichert. So sprach er. Herr Müller habe ihm versichert: Dass das erst einmal nichts zu bedeuten habe, wenn ein deutscher Staatsbürger im Ausland telefonisch nicht erreichbar sei. Zahllose Gründe. Und nicht immer nur schlimme, sondern oft ganz banale Gründe. Und sei es nur einer der üblichen landesweiten Stromausfälle. Oder ein verlorengegangenes Handy. So der Vater. Ein verlorengegangenes Handy. Er klammerte sich daran. Herrn Müllers Stimme noch im Ohr. Eine hochdeutsche Stimme, die Stimme eines Diplomaten, die mit dem Satz schloss: Man müsse nicht immer gleich mit dem Schlimmsten rechnen.

* * *

Nicht immer gleich mit dem Schlimmsten rechnen. In den Abendnachrichten sah man die Bilder aus Indien, wie sich dort (nur wenige Kilometer von Pakistan) das Virus nun ausbreitete, mit einer rasenden Geschwindigkeit und Wucht. Die Krankenhäuser wirkten wie Attrappen. Oder Lazarette. Wenn schon bei uns, was dann erst dort. So sprach das Fernsehen. Ganze Städte und Provinzen waren bereits abgeriegelt, zu Sicherheitszonen erklärt worden. Der Rest befand sich in Auflösung. Man sah gepanzerte Wasserwerfer, die Desinfektionsmittel in eine Menge sprühten. Als wären das keine Menschen mehr, sondern nur noch Viren.

Unter einer Autobahnbrücke lagen sterbende Menschen oder Menschen, die sich zum Sterben bereit machten. Und das, so der Nachrichtensprecher, sei nur der Anfang.

Julias Vater lief vor dem Fernseher auf und ab. Als würde er lautstark protestieren oder vor den Vereinten Nationen eine Rede halten. Oder wieder mit Herrn Müller vom Auswärtigen Amt sprechen. Ob man das nicht sehe. Ob man dagegen nicht einschreiten könne.

Später rief er die Nachbarstochter: Ob sie es vielleicht noch einmal probieren könnte, eine Verbindung nach Pakistan herzustellen. Sie versuchte es – stundenlang. Später versuchte er es selbst. Er traf die Tasten nicht einmal.

Am nächsten Morgen rief er wieder das Auswärtige Amt an. Jeden Tag tat er das nun. Es war ein Ritual: (1) *Dass man nicht immer gleich mit dem Schlimmsten rechnen müsse.* (2) *Und sei es nur ein verlorengegangenes Handy.* Das waren seine Sätze. Es waren Leitsätze.

* * *

Die Stille im ganzen Land. Von Julia und Faizan war in dieser Stille keine Rede mehr. Nur noch von eindringlichen Reisewarnungen. Und von der Aufforderung, bitte jeden unnötigen Kontakt zu meiden – und zu Hause zu bleiben. Jeder in seinen eigenen Gedanken.

* * *

ALL DAS SAH JOHANNES vor sich. Er sah die Welt immer ein paar Momente vor ihrer Zeit. So, als wäre es bereits geschehen. Die Zukunft schien ihm wie eine Erinnerung, und die Erinnerung eine vorweg erlebte Zukunft. Er sah, wie ein Geschäft nach dem nächsten schloss. Er sah die Busse, die nicht mehr fuhren. Er sah die leeren Straßen. Er sah einsame Jogger auf verwaisten Plätzen. Er sah im Fernsehen die eindringlichen Ansprachen von Politikern. Er sah die Bilder von Intensivstationen auf der ganzen Welt. Er sah seine Schwester – in immer neuen Bildern. Weit weg und dann wieder ganz nah. Gesund oder schwer krank. Mit Faizan oder allein. Bis er vor lauter Erschöpfung keine Bilder mehr sah. Er las die E-Mail von der Deutschen Botschaft. Er las sie immer wieder. Sie versicherte ihm, dass man nach Julia mit allen verfügbaren Mitteln suchen werde. Suchen werde. Er buchstabierte diese Worte. Tag und Nacht.

Er hörte die Stille in der Stadt. Er hörte die Stille des Telefons, von dem er einmal geglaubt hatte, er habe es aus der Ferne (als er draußen vor der Tür stand) klingeln hören. Er hastete in die Wohnung, doch das Telefon war völlig still. So wie das Haus und die ganze Stadt. Alles still.

Ein verlorengegangenes Handy oder vielleicht auch nur ein defekter Akku oder ein verlorengegangenes Ladekabel oder ein verlorengegangener Empfang oder eine verlorengegangene Schwester …

Er betete um seinen Vater. Dass nicht auch ihm noch etwas zustoßen werde. Dass nicht auch er sich noch mit dem Virus anstecken werde. Nicht in seinem Alter und nicht mit seinen Sorgen. Er war schon angesteckt genug. Jeden Tag telefonierte er mit ihm, beschwor ihn, das Haus bitte nicht zu verlassen. Er stellte ihm Lebensmittel vor die Tür. Und schrieb ihm kurze, aufmunternde Briefe. Sei unbesorgt.

* * *

Und er sah, wie nach vielen Wochen ein Geschäft nach dem anderen wieder geöffnet wurde. Es war wie ein Aufatmen. Die Benzinpreise stiegen, und das war ein vielversprechendes Zeichen – eines Neuanfangs. Die Welt schien zurückzukehren. Sogar das Reisebüro öffnete wieder. Na also. In diesem Geiste öffnete es. Mit der feierlichen Beendigung der meisten Reisewarnungen und mit frisch aufgehängten Fotos – von Australien bis Grönland.

Er sah, wie sein Vater das alles überlebt hatte. Corona zum Trotz. Und er sah wie sein Vater, kaum dass er es überlebt hatte, sich (wie nach einem endlosen Winterschlaf) ins Reisebüro schleppte und sich nach Flügen nach Pakistan erkundigte. Es war das Erste, was er nach dem Stillstand des Landes tat. Er ließ sich Flugverbindungen zeigen und Fotos von der Deutschen Botschaft. Als wäre er bereits dort und würde jetzt mit allem Nachdruck mit einem Botschaftsangehörigen sprechen. Von

Angesicht zu Angesicht. Und mit neuer Zuversicht. Er erwähnte Herrn Müller vom Auswärtigen Amt. Zentralabteilung. Und er erklärte, als er wieder zu Hause war, er erklärte seinem Sohn: Wenn er, Johannes, nichts unternehme, um nach seiner Schwester zu suchen, dann mache er es selbst. Mit 87 Jahren.

Also ging Johannes ins Reisebüro. Trotz aller Reisehinweise. Um irgendetwas zu tun. Und sei es nur, um sich einige Flugverbindungen zeigen zu lassen, von der *Lufthansa* bis zu *Pakistan International Airlines*. Um einen Anfang zu machen. Wenigstens das.

Er versprach seinem Vater, schon morgen einen Flug nach Pakistan zu buchen. Er werde dort hinfliegen und sie suchen. Wo immer sie auch sei oder was immer mit ihr geschehen war. Als Johannes seinem Vater das mitteilte, da war sein Vater kaum noch zu hören. Als würde jedes einzelne Wort, das er sprach, in sich zusammensacken, aus Erschöpfung und Erleichterung.

Man müsse ja nicht gleich mit dem Schlimmsten rechnen. Daran musste Johannes nun denken. Herrn Müller zum Dank. Nachdem er, Johannes, eigentlich immerzu und mit nichts anderem als mit dem Schlimmsten gerechnet hatte, nicht nur damit gerechnet, sondern es aus nächster Nähe gesehen, ja, es jahrelang erlebt hatte: das Schlimmste. In aller Härte und Unerbittlichkeit. Von morgens bis abends. Jahr für Jahr. Und er dachte zugleich an Nietzsches Sätze von den Menschen, die nicht zu leben wissen, es sei denn als Untergehende, nicht weil sie unbedingt untergehen wollen, sondern, im Gegenteil, weil sie nicht einfach weiterleben können, wenn andere (in nächster Nähe) sich im Untergang befinden. Alles andere wäre für seine Schwester eine Falschheit gewesen. Erst jetzt verstand er sie ein wenig. Oder er fing an, sie zu verstehen. Er sah ihre letzten Jahre nun als einen fortgesetzten, unvermeidlichen Untergang, an Faizans Seite – und er liebte sie dafür.

Dank

Ich danke dem Herrenhaus Edenkoben, das mir im Rahmen eines Residenzstipendiums vom August bis zum Dezember 2020 die Arbeit an diesem Buch ermöglicht hat. Ich danke Barbara und Konrad Stahl für ihre wunderbare Gastfreundschaft und Anteilnahme beim Schreiben dieses Buches – ich danke auch Beate Schröder, Michael Pelzel und David Semper für anregende Gespräche abseits der Stille meines Schreibtisches. Ich danke Eva Christina Zeller für ihre Lektüreeindrücke und Gisela Merker für ihre Anmerkungen und ihr Lektorat. Ich danke Petra Wägenbaur, die den Roman mit wertvollen Korrekturen begleitet hat, und ich danke Alfred Klemm für seine Umsicht und Geduld. Schließlich danke ich meinem Verleger Hubert Klöpfer, der mich und meine Bücher über all die Jahre mit so viel Aufgeschlossenheit und Verständnis begleitet hat, der mich als Autor überhaupt erst ermöglicht hat.